O Rei de Havana

Pedro Juan Gutiérrez

O Rei de Havana

tradução
José Rubens Siqueira

Copyright © 1999, 2017 by Pedro Juan Gutiérrez

Grafia atualizada segundo o Acordo Ortográfico da Língua Portuguesa de 1990, que entrou em vigor no Brasil em 2009.

Título original
El Rey de La Habana

Capa
Claudia Espínola de Carvalho

Preparação
Eduardo Rosal

Revisão
Dan Duplat
Jane Pessoa

Dados Internacionais de Catalogação na Publicação (CIP)
(Câmara Brasileira do Livro, SP, Brasil)

Gutiérrez, Pedro Juan
  O Rei de Havana / Pedro Juan Gutiérrez ; tradução José Rubens Siqueira. – 1ª ed. – São Paulo : Alfaguara, 2017.

  Título original: El Rey de La Habana
  ISBN 978-85-5652-032-6

  1. Romance cubano   I. Título.

16-00194   CDD-cb863.4

Índice para catálogo sistemático:
1. Romances : Literatura cubana   cb863.4

[2017]
Todos os direitos desta edição reservados à
EDITORA SCHWARCZ S.A.
Praça Floriano, 19 — sala 3001
20031-050 — Rio de Janeiro — RJ
Telefone: (21) 3993-7510
www.objetiva.com.br

Somos lo que hay,
lo que gusta a la gente,
lo que se vende como pan caliente,
lo que se agota en el mercado.
Somos lo máximo.
Manolín, o Médico da Salsa

O subdesenvolvimento é a incapacidade
de acumular experiência.
Edmundo Desnoes

Tú no juegues conmigo
que yo sí como candela.
Canção cubana

Aquele pedaço de cobertura era o mais porco do edifício inteiro. Quando começou a crise de 1990, ela perdeu o emprego de faxineira. Então fez como muita gente: arranjou galinhas, um porco e umas pombas. Construiu uma gaiola de tábuas podres, pedaços de lata, sobras de barras de aço, arames. Comiam alguns e vendiam outros. Sobrevivia no meio da merda e do fedor dos bichos. Às vezes, o edifício chegava a não ter água durante vários dias. Então, vociferava com os meninos, acordava os dois de madrugada, e com tapas e empurrões os obrigava a descer os quatro andares e subir pela escada uns tantos baldes, tirados de um poço que inacreditavelmente existia na esquina, coberto com uma tampa de esgoto.

Os meninos tinham na época nove e dez anos. Reinaldo, o menor, era tranquilo e silencioso. Nelson, mais agitado, se rebelava sempre e às vezes gritava com ela, enfurecido:

— Não grite mais comigo, porra! O que é que você quer?

Ela era manca da perna direita e um pouco limitada ou tonta. Não era boa da cabeça. Desde menina. Talvez de nascença. Sua mãe vivia junto com eles. Tinha uns cem anos, ou mais, ninguém sabia. Todos num quarto em ruínas de três por quatro, e um pedaço de pátio ao ar livre. A velha não tomava banho fazia anos. Muito magra de tanta fome. Uma longa vida de fome e miséria permanente. Já estava cascuda. Não falava. Parecia uma múmia silenciosa, esquelética, coberta de sujeira. Mexia-se pouco ou nada. Sem falar jamais. Só olhava a filha meio tonta e os dois netos que se estapeavam e se ofendiam mutuamente em meio ao cacarejar das galinhas e ao latir dos cachorros. "Esses aí são loucos", diziam os vizinhos. E ninguém intervinha naquelas brigas contínuas.

Às vezes, acendia um cigarro e se recostava na varanda da cobertura, olhando a rua, pensando em Adalberto. Quando jovem, teve dezenas de homens. Gostava de excitá-los. De qualquer idade. Alguns lhe diziam: "Olha, boba, venha aqui e me dê uma chupadinha. Dou dois pesos se me der uma chupada", e lá ia ela: chupar. Alguns lhe davam dinheiro. Outros não. Soltavam a porra e diziam: "Espere aqui, não saia daqui que eu já volto", e sumiam. Com Adalberto foi diferente. Os meninos são dele, mas o desgraçado nunca quis viver com eles ali na cobertura, e quando viu que estava grávida pela segunda vez desapareceu para sempre. Agora já está meio velhusca, songa, fedendo demais, manca de uma perna, morrendo de fome. Pensava consigo mesma e concluía: "Quem, porra, vai chegar perto de mim? Se o que eu tenho é vontade de morrer". Pensava assim e se enfurecia consigo mesma. Jogava o cigarro na rua e, desesperada, gritava com os meninos:

— Rei, Nelson, vão buscar água lá embaaaaixo! Caralho, vão buscar águaaaaa!

Os meninos obedeciam. Contra a vontade, mas obedeciam. Pelo menos já não prendia mais os dois no armário escuro e pequeno durante dias. Desde muito pequenos, até completarem sete anos, enfiava os dois naquele lugar úmido, cheio de encanamentos e baratas. Sem razão. Só para tirar da sua frente. Os meninos ficavam apavorados porque quando entravam na prisão podiam passar um, dois ou até três dias sem comer, lambendo a umidade dos canos. Outras vezes, atirava-os dentro de um tanque de água, de repente, gritando para se calarem e não encherem mais. De susto, os meninos se calavam. Às vezes, os afundava na água e não os tirava até que, meio asfixiados, esperneavam, desesperados. Agora, maiores e mais fortes, rebelavam-se e impediam aqueles castigos. Viviam soltos, embora de vez em quando fossem à escola, na esquina da San Lázaro com a Belascoaín. Mais para fugir dela do que para aprender. Os professores ensinavam pouco porque os alunos eram ralé. As menininhas de treze anos já estavam trepando a pleno vapor com os turistas do Malecón. Os meninos, metidos com maconha e fazendo uns negocinhos, para ganhar algum todo dia. Os pais e mães se satisfaziam com sua ausência. Ninguém estava interessado em aprender matemática, nem coisas complicadas e inúteis. E os professores não conseguiam mais dominar aquelas ferinhas. Enfim, Nelson e Rei iam à escola três ou quatro dias e o resto da semana se distraíam na cobertura, com os pombos e os cachorros. Tinham cinco cachorros recolhidos da rua.

Muitas vezes, a única comida do dia inteiro era um pedaço de pão e uma jarra de água com açúcar, mas mesmo assim os dois cresceram. Descobriram que as pombas dos outros vinham pousar ali na cobertura deles, e que não era difícil caçá-las vivas. Então, inventaram uma armadilha: um pombo bonito, macho e sedutor, que voava por cima de todos os edifícios. Sempre aparecia alguma pombinha incauta, admiradora daquele belo galã. E lá ia ela. Voava atrás dele e o pombo a conduzia até sua gaiola para lhe fazer amor à vontade. E aí: zás. Rei e Nelson fechavam a porta da gaiola. No mercado de Cuatro Caminos pagavam quarenta ou cinquenta pesos pela pomba. Até cem pesos, se fosse branca. Com a crise e a fome e a loucura de ir embora do país, todo mundo fazia trabalhos de candomblé, e as pombas, cabritos e galos alcançavam bom preço. As galinhas pretas também, que são muito boas para limpeza e para abrir caminhos. Quando os meninos vendiam uma pomba a coisa melhorava: comiam umas pizzas e tomavam uma vitamina de frutas. Levavam pizzas para a mãe e para a avó.

Mesmo assim, ela continuava gritando sempre com eles, como uma louca. Vociferando, humilhando-os. Os dois já tinham pentelhos na virilha e no cu, o pau já havia crescido e engrossado, tinham pelos nas axilas e aquele cheiro de suor forte dos homens, e a voz um pouco mais rouca e grossa. Se masturbavam, escondidos no meio das gaiolas dos frangos, olhando a menina vizinha da cobertura ao lado. Na realidade, era a mesma cobertura do edifício, mas anos antes alguém a dividira ao meio com um muro baixo, de menos de um metro. Essa era a fronteira com os vizinhos: uma velha gorda e peituda com uma filha de uns vinte anos e muitos outros filhos que viviam por ali e jamais se lembravam de que ela era mãe deles. A menina era gostosa demais: mulata magra, linda, putinha. Só saía de noite, elegante, provocante, e voltava de madrugada. Durante o dia, andava pelo seu pedaço de cobertura com um short curtinho e justo e uma blusinha mínima, sem sutiã, com os bicos dos peitos bem marcados, e ahhh. Uma tentação. Reinaldo tinha já treze anos e Nelson, catorze. Tinham largado a escola fazia tempo. Não aguentavam mais continuar sempre na sétima série. Repetiram três vezes a mesma série, até que desistiram.

Consideravam-se homens. Continuavam com o negócio das pombas. Cada dia eram melhores roubando pombas e todo dia vendiam uma ou duas. Era um bom negócio. Eram homens e já sustentavam todos em casa. Mas a mãe continuava estúpida como sempre. Odiavam aquelas explosões e aqueles pitos na frente de todo mundo. Se sentiam humilhados e respondiam:

— Não seja besta! Cale a boca, porra, cale a boca!

A cobertura cada dia ficava mais porca, fedendo mais a merda de animais. A avó quase não se mexia. Sentava-se num caixote meio podre, ou em qualquer canto. E ficava horas debaixo do sol. Tinham de enfiá-la no quarto e deitá-la. Parecia uma morta-viva. Tinham também de controlar a mãe, porque a cada dia ficava mais maluca. Já nem conseguia mais descer a escada. Eles a empurravam e gritavam para que se calasse, mas ela berrava mais ainda, pegava um pedaço de pau e mandava em cima deles, tentando defender seu território. Eles arrancavam o pau da mão dela e a controlavam com uns bofetões na cara. Ela chorava de raiva, gritando, soluçava, acendia um cigarro no beiral da cobertura, olhando os carros, as bicicletas e as pessoas que passavam por San Lázaro. Já nem se lembrava de Adalberto.

Uma manhã, por volta das onze, estava fumando e olhando a rua. Nelson tinha lhe dado um bofetão duro na boca, e ela estava com o lábio superior inchado e cortado por dentro. Passava a língua e sentia o gosto metálico do sangue. Estava furiosa. Jogou a bituca na rua, deu uma cuspida meio sanguinolenta, querendo que caísse na cabeça de alguém, e se virou para entrar no quarto. O sol estava forte demais e lhe doía a cabeça. Os meninos, escondidos atrás do galinheiro, espiavam a putinha da vizinha. Os dois de olhos entrecerrados, sonhadores, mexendo ritmicamente no pau. A mulatinha estava meio nua, estendendo uma toalha e uma calcinha vermelha, de renda. Gostava que os meninos se masturbassem olhando para ela. A toalha pingava água e ela torcia e se molhava para se refrescar, debaixo do sol. Na verdade, gostaria de vê-los de corpo inteiro, frenéticos na frente dela, batendo a sua punheta, mas ainda eram meninos demais para se atrever a tanto. Quando crescessem um pouco mais seriam bons "atiradores" e exibiriam os paus nos portões do Malecón para todas que quisessem ver. Por ora, faziam escondido.

Quando ela viu aquele espetáculo, ficou ainda mais atiçada. Empinou de raiva:

— Vão batendo punheta! Vão batendo punheta! Descarados, vão acabar morrendo, fora daí! Os dois! Fora daí!

Pegou um pau para bater neles, mas logo se virou para a vizinha provocante:

— E você, puta de merda, faz isso só pra foder, porque é uma puta. Não provoque mais, senão eles acabam morrendo. Sem comer e tocando punheta o dia inteiro! Vai matar eles, droga de puta! Vai matar eles!

— Escuta aqui, tonta, não me amola, eu estou na minha casa e faço o que bem entendo.

— Você é uma bela de uma puta.

— Sou, mas com a minha boceta. E vivo vinte vezes melhor que você, que é tonta e imunda. Sua porca!

Os cachorros começaram a latir e as galinhas também se alvoroçaram. No meio de tanto barulho e tanta loucura, ela tenta saltar o pequeno muro que separa as coberturas, com o pau na mão, querendo bater na vizinhinha, mas Nelson já está em cima dela e lhe tira o pau da mão. Furiosa, tenta passar de qualquer jeito para o pátio vizinho, gritando:

— Você é uma puta! E você um punheteiro! Tira a mão de cima de mim. Me solta, punheteiro de merda.

— Não me xingue mais, porra, não me xingue mais!

Nelson está fora de si, descontrolado. É um homem de catorze anos, e lhe dói aquela humilhação. E ainda por cima as gargalhadas escarnecedoras da vizinhinha, que agora provoca ainda mais:

— Vai, punheteiro, descarado, vai ficar maluco com tanta punheta! Vai arrumar uma mulher.

E dá a volta e entra em casa, muito tranquila, requebrando a bunda para um lado e para o outro. No meio da briga, a gozação da putinha o machuca ainda mais. Dá um forte empurrão na mãe e a joga de costas contra o galinheiro. De um canto da gaiola, projeta-se uma ponta de cabo de aço que se crava em sua nuca até o cérebro. A mulher nem grita. Abre os olhos com horror, leva as mãos ao ponto onde entrou o aço. E morre apavorada. Em segundos, forma-se uma poça de sangue grosso e de líquidos viscosos. Ela morre com os olhos abertos, horrorizada. Nelson vê aquilo e de repente desaparece o ódio que sente pela mãe. É inundado de dor e de pânico.

— Ai, minha mãe! O que foi que eu fiz, o que foi isso?

Agarra a mãe, tentando levantá-la, mas não consegue. Está espetada pela nuca na ponta do cabo de aço.

— Eu matei ela, matei ela!

Gritando como um louco, sai correndo pelo beiral da cobertura e se atira na rua. Não sente o estrépito do seu crânio ao se arrebentar no asfalto quatro andares abaixo. Morreu igual à mãe, com uma expressão veemente de crispação e de terror.

A avozinha viu aquilo tudo sem se mexer de seu lugar, sentada num caixote de madeira podre. Sem fazer nem um gesto, fechou os olhos. Não podia viver mais. Já era demais. O coração dela parou. Caiu para trás e ficou recostada na parede, impávida como uma múmia.

Rei não havia saído de seu esconderijo atrás do galinheiro. Foi tudo rapidíssimo, e ainda estava com o pinto duro feito um pau. Guardou-o como pôde e colocou-o entre as coxas para prendê-lo e não fazer volume, até baixar sozinho. Ficou sem fala. Foi até o beiral da cobertura e olhou. Lá estava seu irmão, estatelado no meio da rua, rodeado de gente, de policiais, o tráfego parado de um lado e outro da San Lázaro.

Num instante os policiais chegaram à cobertura. Vinham belicosos:

— O que aconteceu aqui?

Rei não conseguiu responder. Encolheu os ombros e se pôs a sorrir para os policiais. Os sujeitos ficaram boquiabertos:

— E você ainda ri? O que foi que você fez? Vamos lá, diga aí. O que foi que você fez?

Riu de novo, tinha a mente em branco, mas afinal conseguiu dizer:

— Nada, nada. Eu não sei.

— Como não sabe? O que você fez?

— Nada. Eu não sei.

Foi algemado. Levado pela escada. Empurrado para dentro da radiopatrulha até a delegacia de polícia, a umas quadras dali. Foi preso numa cela, no porão, junto com três delinquentes. E ali ficou. Sem pensar em nada, modorrento.

Os técnicos de criminalística demoraram três horas para chegar a San Lázaro. Trabalharam escrupulosamente a tarde toda. Levantaram o cadáver de Nelson às cinco horas e o levaram para o necrotério, junto com o da avó. Com ela demoraram um pouco mais. Já era de noite quando resolveram desenganchá-la do cabo de aço e mandá-la para o necrotério. Era evidente que alguém havia empurrado violentamente o rapaz da cobertura e a mulher, de costas, contra o galinheiro. A velhinha morreu de uma parada cardíaca, sem violência. Só que não havia testemunhas. Ninguém viu nada. É sempre a mesma coisa nesse bairro. Ninguém vê nada. Jamais uma testemunha.

Interrogaram Rei durante três dias. Estava aturdido e repetia uma vez ou outra a mesma coisa:

— Não sei, não vi nada.

— Onde é que você estava? O que fizeram com você? Por que matou eles?

— Não sei. Eu não vi nada.

Rei tinha treze anos. Não podia ir a julgamento. Mandaram-no para um reformatório de menores, nos arredores de Havana. Pelo menos era um lugar muito limpo, com o chão brilhando e todos de uniforme limpo. Foi examinado por um médico, um dentista, um psicólogo, um instrutor policial, um professor. Rei gelou diante daquela gente. Escondeu tudo o que sentia e se empenhou em encontrar sistematicamente uma maneira de escapar. Não aguentava aquela merda de pedir licença a toda hora, de levantar de madrugada para fazer exercício, de sentar de novo numa classe para escutar coisas que não entendia nem queria entender. Depois de três ou quatro dias ali, um negro uns dois anos mais velho que ele, forte e grande, mostrou-lhe o pau nos chuveiros. Um pau enorme. Foi chegando perto dele, abanando aquele bichão com a mão direita:

— Olhe, mulatinho, o que você acha deste bicho aqui? Que bundinha linda você tem.

Rei não deixou que terminasse. Partiu para cima dele aos socos. Mas o desgraçado do negro estava ensaboado e os socos escorregavam. Os outros rodearam os dois e começaram a apostar:

— Eu ponho cinco no negro! O mulato está perdido.

— Ponho três no mulato, três no mulato.

Logo chegaram quatro guardas distribuindo porradas a torto e a direito. Apartaram os dois. Receberam ordem de vestir só as calças e foram levados de castigo para os calabouços. Escuridão absoluta, quase sem espaço para se mexer, umidade permanente, ratos e baratas. Perdeu a noção do tempo. Não sabia se era de dia ou de noite. Quando não aguentava mais de fome e sede, trouxeram uma jarra de água e um prato de alumínio com um pouco de arroz e feijão com caldo. Repetiram a mesma dieta umas quatro ou cinco vezes. Enfim, o tiraram e o reintegraram ao grupo. Voltou a se sentir uma pessoa, porque no calabouço já estava com cheiro de barata, pensando e se sentindo igual a uma. O instrutor que cuidava dele o levou ao escritório. Sentou-se atrás de uma escrivaninha e o deixou de pé à sua frente:

— O que aconteceu com você?

— Aquele negro queria comer o meu cu.

— Se expresse corretamente. Aqui ninguém é negro, nem branco, nem mulato. São todos internos.

— Bom... dá na mesma... troque negro por interno.

— Você se acha simpático?

— ...

— Estou fazendo uma pergunta. Responda.

— Não. Eu não sou simpático.

— Vou avisar uma coisa: eu sou seu instrutor. Sou eu que resolvo quanto tempo você vai ficar aqui. Está com treze anos. Se continuar brigando e armando confusão, vai chegar aos dezoito aqui dentro e automaticamente, no mesmo dia em que completar dezoito, passa para a prisão... Está claro? É automaticamente jogado para os tubarões... pra ser devorado. Então, vou falar uma vez só. Não vou repetir: vê se colabora e se comporta bem, para ver se podemos fazer alguma coisa por você.

E se pondo de pé, com ar marcial:

— Retire-se! Volte para o seu grupo!

Rei deu meia-volta e saiu da sala. Foi se sentar num banco, no pátio interno do reformatório. E, sem rodeios, pensou diretamente qual era a regra do jogo: "Então, aqui a gente tem de ser muito durão para ninguém comer seu cu, mas sem o cara perceber. Oquei, eu vou em frente".

Levantou-se do banco e foi para o alojamento. A partir daí, nunca mais deu risada com ninguém, nem fez amigos. Aprendeu a fazer tatuagens, olhando um branquinho bocó que sabia desenhar. Por sorte, o negro não chegou mais perto dele. Não era tão durão quanto parecia. De todo jeito, apontou e afiou uma escova de dentes que guardava escondida no colchonete. Às vezes, pegava a escova e testava a ponta. Com aquilo conseguiria atravessar o coração de quem aparecesse para abusar dele. Tinha vontade de enfiar no pescoço do negro e escarafunchar bem até cortar todas as veias e acabar com o sangue dele. Tinha ódio do negro. Achou que ele era bicha e que podia comer sua bunda e desprestigiá-lo na frente de todo mundo. Nada disso. Ele era um cara durão. Não conseguia esquecer o calabouço que teve de aguentar por causa daquele negro bofe de veado, mas ia sair dali sem mais problemas. De noite, batia uma punheta pensando na mulatinha puta, e quando gozava dizia: "Vou comer sua boceta, puta, vou comer você. Ainda saio daqui".

De manhã, ia às aulas. Para nada. Não se interessava pelos professores. De tarde, trabalhava nos cítricos. Uma plantação enorme de laranja e limão cercava o reformatório. Depois, tomava banho. Não tinha costume de tomar banho todo dia, nem gostava de água e sabão, mas era obrigado. Comia aquele pouquinho de comida horrível. Quase sempre umas colheradas de arroz, feijão e um pedaço de batata ou batata-doce. Assistia a um pouco de televisão. Às nove, todo mundo deitava e batia a sua punheta. Alguns aproveitavam o escuro para comer os mais fracos. Ele os ouvia resfolegando. Um levando no cu, o outro soltando a porra. Um par de vezes meteu numas bichas, mas não tinha muito interesse nelas. Gostava das mulheres. Na escola, tinha estado com duas meninas. As duas disseram a mesma coisa: "Você fede a sovaco. Sempre com cheiro de sovaco, não se lava nunca. É muito porco". Ele nunca esquecia delas. Os peitos duros, a boceta peluda, as nádegas, o rosto bonito, cabelo comprido, voz suave, os beijos, ahhh..., tinha de sair dali. Com calma. Até agora as coisas estavam indo bem. Não falava com ninguém. Lembrava de sua avó silenciosa e dizia para si mesmo: "Assim é melhor. Não falar com ninguém. Pra não me foderem".

Só se chegava era no cara das tatuagens. Ele as fazia com um alfinete. Fabricava a tinta com sabão e fuligem de um lampião de querosene. Levava dois dias para fazer um desenho, escondido dos guardas. Ponto a ponto, com muita paciência. Rei ficava olhando como era aquilo. O cara cobrava dois ou três maços de cigarro ou uma camiseta, uma caneta esferográfica. Alguma coisa, qualquer coisa. Tudo bem, não era mau negócio. Conseguiu uma caneta emprestada, desenhou uma pomba voando na parte de dentro do antebraço, perto do pulso. Ali os guardas não iam ver e não iam perguntar nada. Pediu para o cara o alfinete emprestado. Ele não quis dar. Pegou o cara pelas orelhas e o jogou no chão. O cara deu o alfinete sem abrir a boca. Pegou o lampião e o sabão e foi tatuar sua pomba. As alfinetadas doíam, mas ele gostava daquilo. Ficou boa, preta e nítida. Se não fosse pelos guardas, continuaria pintando o corpo inteiro, mas não queria mais problemas com o instrutor.

No outro dia um branquinho de cabelo ruim disse que queria fazer uma tatuagem de pomba igual à dele.

— O que você me dá?
— Um maço de cigarro.
— Não. Uma pomba dá muito trabalho.
— Dou um maço agora e mais outro dentro de quinze dias.
— Tudo bem.

Um mês depois, tinha feito três tatuagens, inclusive uma Virgen de la Caridad del Cobre, e era o dono do negócio. Foi ficando tudo um pouco mais fácil. Era respeitado. Ninguém chegava perto para falar bobagem. A rotina é ideal para fazer o tempo passar. Ficou gostando de maconha. Às vezes, nos laranjais, fumava depressa um baseadinho, quando os guardas se afastavam o suficiente. Gostava daquela letargia. Na verdade, detestava a escola de manhã. E detestava ainda mais trabalhar de tarde, e tomar banho sempre, e comer e dormir todo dia à mesma hora. Como um bichinho. Uma vez, deu um peido no refeitório, durante a refeição, e quase foi parar no calabouço. Até peidar era proibido ali! Porra, assim não dá para viver!

Durante algum tempo, pensou que no laranjal dava para escapar. Sem falar com ninguém, foi analisando o terreno. Passou meses com essa ideia. Até que desistiu. Onde menos se imaginava, havia um guarda controlando um bom pedaço de terreno. E tinha também os cachorros. Não. Teve de desistir da ideia.

Depois de abandonar o plano de fuga, interessou-se pelas pérolas na glande. Na enfermaria, havia sempre alguém com a ferida infeccionada. Esses tinham azar: tratavam da infecção deles, depois os operavam e extraíam as pérolas. Mas muitos saravam bem e ninguém ficava sabendo. Alguns punham até três pérolas. Não eram exatamente pérolas. Eram bolinhas de aço, de rolamento de bicicleta. Dois caras faziam aquilo. Uma tarde de domingo, viu como eles faziam: pegavam o pênis do "paciente", desinfetavam com álcool e faziam uma incisão por cima, na pele, perto da cabeça. Puxavam essa pele, faziam a incisão, punham uma, duas ou três bolinhas. Punham a pele de novo no lugar e fechavam tudo com esparadrapo para cicatrizar. Limpavam o ferimento diariamente, com álcool. Usavam uma lâmina plástica, de escova de dentes. Em uma semana estava pronto: curado ou infeccionado. Se tinha de ir para a enfermaria, o paciente dizia que tinha feito sozinho.

Contavam histórias de como as mulheres ficam loucas com essas pérolas na glande, "perlonas" no jargão do presídio.

— Quando se sabe usar, as minas ficam loucas, cara — disse-lhe um dos que faziam a operação.

— Quanto é que você cobra isso aí? — Rei perguntou.

— Quantas você quer botar?

— Duas.

— Vamos fazer um acerto. Você me faz uma tatuagem de santa Bárbara nas costas. Grande. Que me pegue as costas inteiras. E pronto.

— Oquei. Primeiro você me põe as pérolas e quando tiver curado eu faço a tatuagem.

Rei era um mulato magro, de estatura normal, nem feio nem bonito, que não se lembrava de jamais ter comido carne. Nem de porco. Se alguma vez provou foi de pequeno e não se lembrava. Mesmo assim, não tinha má saúde. Puseram-lhe as duas bolas de aço, que insistiam em chamar de "pérolas". Não saiu muito sangue. Tomou um gole de álcool para aguentar melhor a dor. Quatro dias depois, a ferida estava curada. Quando saísse para a rua, podia dizer para as minas que era marinheiro e que tinha colocado as perlonas na China. Era isso que diziam todos os presidiários que tinham pérolas na glande. Ninguém dizia que andou guardado no "tanque". Ninguém dizia a verdade. "Neste mundo ninguém diz a verdade. É tudo mentira. Por que eu vou dizer a verdade? Que nada. Marinheiro. E os marinheiros sempre têm pesos e as minas vão atrás deles feito mosca no açúcar", pensava.

De resto, foi tudo chato no reformatório. De tempos em tempos o instrutor o levava até o escritório e tentava descobrir o que acontecera aquela manhã na cobertura.

— Me conte o que aconteceu. Me ajude a resolver o seu caso.

As palavras não lhe vinham, não conseguia. Cada vez que aquela cena estava se apagando na sua cabeça, vinha o sujeito com aquela encheção pedindo que lembrasse.

— Não, não sei, não sei.
— Como não sabe, rapaz?
— Não. Não sei.

Os meses continuaram passando com a mesma monotonia de sempre. Passaram três anos e ele completou dezesseis. Tranquilo, sem uma visita, nunca. Não tinha ninguém. Devido a seu caráter amargurado e reservado também não tinha amigos. Estava sempre sozinho. Um dia, os chefes disseram que as laranjeiras estavam malcuidadas. Reorganizaram os grupos de trabalho. O grupo que obtivesse melhores resultados ganharia uma excursão à praia. Uma excursão à praia? Para quê? Ele não sabia nadar. Não lhe interessava essa viagem à praia, e continuou no mesmo ritmo de sempre: andando por inércia, trabalhando o menos possível, fazendo as tatuagens e mandando ver numa bagana de maconha quando dava. Uma manhã, reuniram todos e elogiaram o grupo de que Rei fazia parte: eram os melhores e o prêmio consistia em passear, sábado à noite, em Guanabacoa. Um luxo e tanto. Uma orquestra de salsa ia se apresentar na casa de cultura. O chefe do grupo pediu licença para falar:

— O prêmio era um dia inteiro na praia, pelo que disseram.
— Não. Isso vai ser outro dia.
— Certo. Permissão para sentar.
— Concedida.

Para Rei, tanto fazia. Não sabia nem nadar, nem dançar, nem gostava de música, nem gostava de água, então que fossem tomar no cu. Não gostou daquele prêmio mixuruca. Tinha de ir, porque era obrigatório, mas ficaria sentado num canto até terminar aquela merda. Ficou de mau humor vários dias. No sábado, ficou ainda mais bravo, mas não queria pedir licença para permanecer no alojamento porque não iam dar. Só com diarreia ou com quarenta graus de febre conseguiria ficar. Subiu no ônibus tranquilamente. Iam quatro guardas junto com eles. Chegaram à casa de cultura. Sentaram todos juntos e os guardas ficaram nos corredores. Logo depois chegou a orquestra e em seguida começou o concerto. Tocavam bem. Uma boa salsa. O lugar começou a ficar cheio até o teto de gente jovem. Todos dançando, menos eles. Eram vinte e três internos, vestidos de cinza. Meninos entre treze e dezoito anos. Dançando nas cadeiras, ansiosos, olhando as menininhas que dançavam meneando muito a cintura, com as saias curtas e mostrando o umbigo. Agora a moda era mostrar o umbigo. Os guardas também tinham relaxado e dançavam um pouquinho, mas pouco, sem perder o controle e sem sair de seus postos. O erotismo da dança inundava o salão, e a música, incessante, estimulava os sentidos, mas Rei continuava de péssimo humor, e além disso com vontade de mijar. Um desejo urgente de mijar. À direita da sala, na parte de trás, havia um banheiro masculino. Pediu licença para ir.

— Pode, vá e não demore.

Rei foi ao banheiro. Mijou. Saiu de novo para a sala. Seu grupo e os guardas estavam na parte da frente, a uns quarenta metros de distância. O salão lotado de gente barulhenta, suando. Todo mundo dançando. Ninguém olhando para o banheiro. Tranquilamente, sem pensar em nada, Rei saiu andando em direção à porta principal. Ninguém olhou para ele, ninguém lhe perguntou nada, e continuou andando pela calçada, para qualquer lugar. Não sabia aonde ir, nem por que estava fazendo aquilo. Saiu do povoado, passou na frente de um cemitério. A noite estava muito escura. Ele gostava daquilo. Ia devagar, passeando, sem pressa. Depois do cemitério havia um grupo de casas de ambos os lados da estrada. Num varal havia camisas secando, um short e uma camiseta. As pessoas dormiam cedo por ali. "Porra, isso é um presentinho pra mim." Catou aquela roupa e seguiu em frente. Mais adiante trocou de roupa, jogou o uniforme cinzento numa valeta. Agora ia em trajes civis, embora de cabeça raspada, mas estava na moda raspar a cabeça, muitos homens usavam. Continuou andando sem pressa pela estrada escura. Lá longe, à esquerda, via-se o farol da refinaria e mais adiante as luzes da cidade. Será que estavam procurando por ele? Bom, se o pegassem ia para o calabouço de cabeça. Aquilo, sim, era grave. Mas não. Não tinham como encontrá-lo. Além disso, tanto fazia. "No fim", pensava, "não tenho nada para fazer nem aqui fora, nem lá dentro. Para que a gente nasce? Para morrer depois? Se não tem nada para fazer. Não entendo para que passar por todo esse trabalho. Viver, disputar com os outros pra não foderem você, e no fim de tudo a merda. Ahh, tanto faz estar aqui fora como lá dentro."

Andou até cansar. Já estava perto do porto. Dali se viam os barcos bem iluminados no meio da baía. Era uma zona de fábricas, armazéns, enormes extensões cobertas de sucata com mato crescendo em volta, carrocerias de carros batidos, contêineres metálicos apodrecidos, tudo abandonado e desolado. Sem uma alma. Tinha sono e se enfiou no meio da ferrugem e dos arbustos daquele lugar escuro e silencioso. Acomodou-se dentro de um contêiner velho, longe da estrada. Ali ninguém o veria. E dormiu.

Quando acordou, o sol estava alto e quente. Ficou quieto, escutando, alerta, imóvel. Foi identificando os ruídos: caminhões que iam e vinham pela estrada, uma mistura de zumbidos das fábricas, um batedor pneumático, uns gritos. Tudo longe. Muito mais perto, o piar de vários tipos de pássaros. Talvez cantassem pousados numas árvores frondosas, a poucos metros. Uma rajada de ar fresco o tirou da modorra. Espreguiçou-se, bocejou e pôs-se de pé. Com muito cuidado, olhou em torno e gostou do que viu: um mar de sucata enferrujada e retorcida, mato, algumas árvores, tranquilidade e silêncio. Ao longe, divisavam-se umas fábricas pequenas e, descendo uma pequena encosta, à sua frente, a baía, com poucos barcos fundeados, esperando a vez. A brilhante luz solar o cegava, mas fazendo um esforço viu, ao longe, várias pessoas revirando um depósito de lixo, crianças e adultos. Estava com fome e pensou que talvez no lixão pudesse encontrar alguma coisa. Esperou que fossem embora, mas iam uns e apareciam outros. Anoiteceu e viu uma luzinha na direção do lixão. Quem sabe havia alguém que pudesse lhe dar alguma coisa de comer. Aproximou-se sorrateiramente, sem ruído. Eram três homens e uma mulher, muito sujos. Talvez os mesmos vadios que vira durante o dia ali no lixão. Tinham cara de gente boa. Estavam quietos e um lampião iluminava bem no meio da escuridão. Foi difícil, mas por fim se decidiu. Aproximou-se e cumprimentou:

— Boa noite.

Olharam para ele e não responderam. Eram imundos e ficaram em guarda, tensos:

— Tem alguma coisa de comer que...?

— Não! — interrompeu um dos homens.

Outro se pôs de pé, com um pedaço de tábua na mão. Ameaçou:

— Vá, vá embora daqui.

Rei se afastou uns passos, sem dar as costas para o sujeito que ameaçava, e insistiu:

— É que eu estou com fome.

— A gente também. Vá, já, passa daqui.

— Isso é coisa que se fala pra cachorro.

— E é isso que você é. Fora! Fora!

Foi para a estrada. Passaram dois caminhões para descarregar no lixão e lhe sopraram pó na cara. Iam depressa. Atrás, vinha um carro de patrulha da polícia. Quando o viu já era tarde demais para se esconder. O susto lhe deu vontade de cagar, mas o carro passou velozmente por ele. Respirou aliviado. Dois segundos depois, a polícia interceptou os caminhões. Ele se enfiou no meio do mato para cagar. Estava um pouco constipado e seu cu doeu. Fazia dias que não cagava, de forma que o susto valeu. Limpou-se com um pedaço da camisa. Voltou a seu esconderijo. Dali ficou observando tudo.

Poucos minutos depois, chegaram mais duas patrulhas. Revistaram os caminhões. Conversaram. Olharam os documentos. Esperaram. Falaram de novo. Finalmente se foram. Cada um para seu lado. O que teria acontecido ali? Rei ficou dormindo. Quando despertou estava com uma fome de cão. Ainda era de noite. Levantou-se e saiu andando devagar. Nunca se apressava. Para quê?

Estava amanhecendo quando viu as primeiras casas de Regla. Era a primeira vez que via esse povoadinho do outro lado da baía. Enquanto viveu em San Lázaro nunca saiu daquelas poucas quadras. Ouvia falar de El Cerro, de Luyanó, de Regla, de Guanabacoa, mas nunca se mexeram dali. Depois, três anos e tanto preso.

Será que estava sendo procurado? Bom, tanto fazia. Sentou-se no batente de uma porta, para esperar amanhecer. Estava acostumado a passar fome. Desde sempre. Quanto tempo fazia que não comia, nem bebia água? Duas noites e um dia. Ficou ali meio aturdido, recostado na parede. Logo depois, abriram uma vendinha de frios a poucos metros dele. Passaram algumas pessoas. Chegavam, bebiam café. Alguns comiam uma empanada. A fome, a sede e a caminhada o tinham esgotado e sentia engulhos, mas fez um esforço e se arrastou até lá. Estendeu a mão: "Me dê uma ajuda, para comer". As pessoas olhavam para ele com nojo, como se estivessem vendo um cachorro sarnento. O dono do bar o espantou: "Vá, suma daqui". Afastou-se alguns passos, mas continuou com a mão estendida: "Uma ajuda, para comer". Um negro velho parou e olhou para ele. Vestia-se pobremente e tinha três colares coloridos no pescoço:

— O que há com você?

— Me dê uma ajuda para eu comer alguma coisa, senhor.

— Por que não vai trabalhar, rapaz, moço desse jeito?

— Me ajude, estou com fome.

O homem lhe deu umas moedas e continuou andando. Rei comprou uma empanada. Mastigou devagar. O troco não deu para um refresco. Largou as moedas no balcão:

— Me dê um pouquinho de refresco.

— Não, custa um peso. Aí só tem vinte centavos. Vá, suma daqui. Já falei para você ir embora.

— Me dê um pouco de água.

— Não tem água. Vá embora, não ouviu?

Afastou-se de novo e continuou pedindo. Ninguém lhe deu nem uma moeda mais. O sol já estava alto. Começou a observar um café, em frente. Vendiam pão com croquete, refrescos, rum, cigarros. Sentou-se na calçada para ver se acontecia alguma coisa. Logo chegaram dois mendigos. Revistaram a lixeira ao lado do bar. Remexeram, procuraram até o fundo. Foram embora de mãos vazias. Numa passagem, entre o bar e o outro prédio, saiu um dos atendentes e jogou restos de comida num balde. Eram restos para os porcos. Fedendo a comida podre. Naquele caldo asqueroso, boiavam uns pedaços de pão, restos de croquete, cascas de manga. Pegou tudo e saiu para a rua, engolindo aquela porcaria. Um menino viu e gritou para o atendente do bar: "Tio, olha, ele está roubando os restos". O homem atrás do balcão gritou para ele: "Ô, vá, suma daqui. Não entre mais ali". Apesar dos gritos, Rei sorriu e pediu um copo de água. "Não tem água, não tem nada. Já disse para se mandar daqui senão chamo a polícia."

Rei se afastou depressa, na direção do cais. Jogou-se num canto e ficou olhando o embarcadouro da barca de passageiros entre Havana e Regla. Na frente, há uma pracinha ampla e a igreja da Virgem de Regla. Ele não sabia nada de igrejas, nem de religião. Nem sua mãe, nem sua avó, ninguém jamais tinha lhe falado do assunto. No bairro, muita gente usava colares, havia toques de tambor, altares. Desde menino viu tudo aquilo, mas não tinha nada a ver com ele. Por que as pessoas fariam tudo aquilo? Entravam e saíam da igreja. Que fariam ali dentro? Sentou-se num muro. Sua vida corria sempre lenta. Horas esperando, sem fazer nada. Dias, semanas, meses. O tempo passando pouco a pouco. Por sorte, não pensava muito. Não pensava quase nada. Ficava observando em volta, principalmente as mulheres. Tranquilo. Não tinha nada para pensar.

Uns velhos bêbados vinham vindo, cambaleando pela calçada, repartindo uma garrafa de rum. Muito magros, sujos, barbudos, vestidos apenas com farrapos, mas muito animados, conversando os três ao mesmo tempo, um falando em cima do outro. Sentaram-se perto dele e continuaram a chacrinha de bêbados profissionais. Um deles olhou para o rapaz e — automaticamente — Rei lhe estendeu a mão:

— Me dá alguma coisa pra comer.

O bebadinho olhou para ele, sério. Afastou-se um pouco, para focalizar melhor e — todo pomposo, convencido de que estava dizendo alguma coisa inesquecível — levantou a mão direita para enfatizar ainda mais. Arrastando os erres, disse:

— Primeira vez na história da humanidade, primeira vez, não se esqueçam, primeira vez que um morto de fome pede esmola para outro morto de fome.

— Pra comer alguma coisa, senhor.

— Mas onde é que você tem o olho? No cu?

— É que eu estou com fome.

— Ah, a fome cozinhou sua cabeça. Não enxerga, nem entende mais nada. Olhe aqui, escute. — Passou-lhe um braço pelos ombros e os apertou, camarada. — Beba um trago. Não tem que comer nada. O que tem que fazer é beber, e esquecer as tristezas. As tristezas de amor, de saúde e de dinheiro. A gente vem no mundo pra sofrer. Neste vale de lágrimas.

— Eu não sofro nada. O que eu tenho é fome.

— Está todo mundo com fome, mas tem é que beber. Quer um cigarro?

— Eu não fumo.

— Um trago. Beba.

— Não.

— Pegue aí, menino, beba um trago. Não seja malcriado.

Rei pegou a garrafa e bebeu um gole curto. Era mata-ratos e caiu como uma bomba no seu estômago.

— É isso aí. Agora pegue um cigarro.

— Não, não. Me dá alguma coisa pra comer.

— Só fala em comida, porra. Não tem comida. Rum e cigarro, é isso que tem.

Rei se levantou e se afastou um pouco. Não queria ouvir sermão de bêbado debaixo daquele sol.

— Venha cá, venha cá — chamaram de novo.

Os três bêbados procuraram nos bolsos. Juntaram umas moedas e lhe deram. Ele aceitou.

— Obrigado.

— Não, não. Obrigado não. Escute o que eu vou dizer: homem bebe rum. Não se pede dinheiro para comer. Tem que beber, beber e beber...

— Sei, já sei, me deixe.

Rei saiu andando para o café em frente, pensando: "Estão pior que eu. Sempre tem alguém pior que a gente. Pelo menos eu não sou um bêbado". Comprou refresco e uns pães com croquete. Uma pizza custava cinco pesos. Não dava para tanto.

Naquela noite, não teve forças para fazer o caminho de volta para o ferro-velho. Encostou-se numa árvore no jardim da igreja. E dormiu. Despertou com uns tiros, à meia-noite. Na bruma do sono, viu dois policiais correndo atrás de um negro magro. Perderam-se por uma ruela, seguidos, mais atrás, por um homem gordo, muito branco, com aspecto de estrangeiro, correndo pesadamente. Dormiu de novo e acordou de manhã. Logo chegaram uns policiais. Afastou-se e se escondeu um pouco melhor. Quase sem pensar, entrou na igreja. Lá dentro estava escuro e tinha uns bonecos grandes colocados aqui e ali. As pessoas não falavam nada. Se ajoelhavam, sentavam, iam acender umas velas, falavam em voz baixa. Entrou uma negrinha, de vestido azul, tirou os sapatos e ficou de joelhos, se arrastando até a boneca negra e a cruz, para colocar umas flores. E ali ficou um longo tempo. Enfim, uma tremenda chateação. Não gostou. Não entendeu nada. Só lembrava de sua mãe, repetindo, encolerizada: "Quero que Deus se foda, porra, Deus que se foda!".

Saiu da igreja. Os policiais ainda estavam ali, mas não olharam para ele. Um velhinho, sentado no batente da porta, pedia esmolas. Tinha um boneco igual aos da igreja, mas menor, e uma caixa de papelão. Quase todo mundo que entrava ou saía da igreja jogava umas moedas, e até notas, dentro da caixa. O velho não tinha as duas pernas. Do lado dele, uma cadeira de rodas. Rei se decidiu e se aproximou, depois de observá-lo um bom tempo:

— Ô tio, como é isso aí? Onde é que tem desses bonecos?

— Que boneco, rapaz?

— Esse aí, igual ao seu.

— É são Lázaro, filho.

— Mas... não... San Lázaro é a rua onde eu morava.

— Não, não... quer dizer, é, mas... ai, não me atrapalhe. Estou pagando uma promessa pra são Lázaro.

O velhinho continuou na dele, não lhe deu mais bola. Rei ficou de pé ao seu lado. Olhou a caixinha. Tinha um monte de dinheiro. Se pegasse a caixa e saísse correndo, ninguém ia conseguir pegá-lo. É. Os dois desgraçados dos policiais continuavam ali. O velho percebeu as intenções do rapaz e pegou um fio elétrico grosso, com um parafuso na ponta. Era rígido. Estava escondido embaixo dele. Pegou o fio, botou a caixinha em lugar seguro e olhou para o rapaz. Só então Rei viu bem a cara de filho da puta que tinha. O velho não disse nada. Mas apertou mais o fio na mão.

— Não vou lhe fazer nada.

— Suma daqui.

— Me empreste o são Lázaro quando terminar aí.

— Não se meta comigo e suma daqui.

— Você não quer é emprestar.

— Santo não se empresta. Suma.

Rei lhe deu as costas e se afastou. Cheirou as axilas. Estava fedido, com cheiro de suor e sujeira. Gostava desse cheiro. Lembrava sua casa. Mas não queria ter recordações de nada, nem de ninguém. Apagou. Havia gente vendendo flores e velas. Uma velha muito gorda vendendo mangas. Todos na frente da igreja. Os policiais um pouco mais adiante. Estava com fome de novo. Que foda era ter de procurar comida, procurar comida, procurar comida. O sol ardia na pracinha, entre a igreja e o cais. A barquinha chegou e soltou um tropel de gente apressada. "Por que tanta pressa, se vão morrer de qualquer jeito?", pensou.

Separou-se do grupo uma pessoa mais velha, muito negra e muito gorda, vestindo saia rodada, blusa larga e um lenço na cabeça. Tudo branco e azul, como os colares no pescoço. Andou diretamente até muito perto dele. Ajoelhou-se junto a uma paineira frondosa, fez o sinal da cruz, rezou um pouco, tirou da bolsa umas frutas, milho torrado, um coco, bananas, um santo com a cabeça separada do corpo, moedas, pregos, fitas de pano coloridas, regou tudo aquilo com mel de abelhas. Murmurou mais alguma coisa, fez o sinal da cruz, levantou-se e entrou na igreja.

"Porra, que bom", Rei pensou. Quando a velha entrou na igreja, ele foi até a árvore e recolheu tudo. Comeu as frutas, apesar de estarem meio podres. Guardou as moedas e com as fitas coloridas preparou o santo dentro de uma caixinha de papelão que pegou por ali. Posicionou-se a uma certa distância da porta da igreja. Toda vez que alguém passava na sua frente, sacudia a caixinha com as moedas e os pregos e resmungava uma lenga-lenga de pedinte.

Assim passaram os dias. O truque do boneco era bom. Moeda a moeda, todo dia recolhia uns tantos pesos e ninguém amolava. Comia uma pizza quente e uns pães com croquete. Cada dia ficava mais e mais sujo. Por sorte, era quase imberbe, não tinha que fazer a barba.

Às vezes, apareciam outros esmoleiros. Se aproximavam. Tentavam conversar. Ele olhava e não respondia. Melhor assim. Acharam que era surdo-mudo. Quando insistiam demais, ia para outro lugar. As pessoas o incomodavam. Não queria ouvir ninguém. Se aborrecia de passar o dia inteiro com aquele boneco e a caixinha na mão. Saiu caminhando sem rumo, pegou a estrada e chegou até o ferro-velho. Estava se formando uma tempestade de verão, com muito vento e trovões. Pouca gente por ali. Ninguém o viu entrar no mato. A chuva começou com rajadas furiosas e redemoinhos e raios. Entrou no velho contêiner. Já estava gostando desse lugar, e daí controlava tudo. Tirou toda a roupa e pôs num lugar seco a caixinha, o santo, o dinheiro, uns pedaços de pão. Saiu pelado na chuva. Era um aguaceiro torrencial. Lavou-se um pouco. Pelo menos se refrescou. Nunca gostou de água. Ao que parece era algo hereditário na sua família. Mas aquela água fria o estimulou. Esfregou o pau, o saco, lavou-se o melhor possível, até ter uma ereção. A primeira em muitos dias. Já nem se lembrava de que tinha pau e de que ele ficava duro. A chuva, incessante, era como uma cortina à sua volta. Ele sozinho, no meio dos ferros retorcidos e do matagal. O pau não baixava. Ele esfregando e ahh... que gostoso. Masturbou-se, brincando com a chuva. Como fazia quando era menino junto com seu irmão: brincar debaixo da chuva, na cobertura. Masturbando-se, ri e se lembra de quando era menino naquela cobertura. E lançou o sêmen. Muito sêmen. Ufaaa. Pronto. Ficou mais tranquilo, lavando-se debaixo da chuva e recordando. Fazia anos que não recordava.

— Caralho, não tenho que lembrar de nada, de nadaaaaa! — gritou muito alto, protegido pelo estrondo torrencial do aguaceiro.

Lavou um pouco a roupa. Depois, ficou nu dentro do contêiner. Quando a chuva parou, já era um cara tranquilo e refrescado. Pouco a pouco chegou a noite e ele gostou. Saiu do contêiner, e lá adiante, na direção da cidade, avermelhava um belo entardecer. Ficou olhando um instante e teve a agradável sensação de bem-estar e de paz. Mas isso foi apenas por alguns segundos. Logo observou os arredores. Não conseguia se livrar do medo da perseguição. Podiam estar atrás dele. Não havia ninguém por ali. Logo adormeceu.

No dia seguinte, levantou-se, vestiu a roupa esfarrapada e ainda úmida. Saiu andando sem rumo, com o santo na mão. Não tinha pressa, distraiu-se olhando calmamente os operários que entravam e saíam das fábricas, as mulheres, uns estivadores descarregando caixas de peixe congelado. Aproximava-se de todos com o santo na mão. Ninguém lhe deu nem um centavo. Alguns lhe diziam, gozadores: "Larga de ser besta e vai trabalhar". Um dos negros estivadores se aproximou e lhe apalpou os músculos do braço:

— Está magro, mas é forte. Estão precisando de estivador aqui. Larga esse santinho.

Ele se afastou e não respondeu. O negrão continuou enchendo:

— Será que é bobo ou está se fazendo de besta? — perguntou a um dos companheiros.

Rei seguiu seu rumo: "Que trabalhar a puta que pariu. Nunca mais vou trabalhar na minha vida", pensou.

Uma hora depois, chegou a Regla. Parou na frente do embarcadouro da barquinha, e, sem pensar, impulsivamente, pagou com uma moeda e subiu. Era a primeira vez que andava de barco. Tinha um pouco de medo. A embarcação partiu. Rei pensou que ia direto para Havana. Mas não. A barquinha saiu para a boca da baía, virou para a direita e parou em Casablanca. Rei desceu ali mesmo. Desceram alguns, subiram outros, e a barca partiu de novo, cruzou a baía e aportou do outro lado, em Havana. Rei ficou acompanhando com os olhos. Gostou de andar de barco. Tinha medo de chegar a

Havana. Fugira do reformatório fazia muitos dias. Não deviam mais estar procurando por ele, mas não dava para confiar. Em Casablanca lhe deram esmolas. Muita gente ali estava esperando o trem elétrico de Hersey. Nesse momento, chegou a velha locomotiva com seus vagões rústicos. Fazia uma viagem muito lenta até Matanzas. Uma mulher estava dizendo para uma menina: "Vai ver que viagem mais bonita, atravessando o campo". O único campo que Rei conhecia era o laranjal do reformatório, e não gostava daquilo. Para ele significava sol, trabalho, formigas bravas, espinhos e arranhões, fome o dia inteiro. "Será que existe outro tipo de campo? Duvido", pensou. Ficou tentado a subir no trem e viajar até Matanzas. Não. Descartou a ideia. Continuou caminhando com seu santo, atravessou umas ruas, subindo a ladeira, pegou um caminho de terra, cheio de mato, e de repente chegou à imensa estátua branca do Cristo de Casablanca. "As pessoas fazem bonecos e põem em todo lugar. Como será que fizeram este tão grande?", pensou.

Não havia ninguém por perto. Dali se divisava muito bem toda a baía. Era uma boa altura. Ele gostou de dominar tudo, pelo menos daquele jeito. Estava sozinho ali em cima e era o grande observador. Sentiu-se poderoso. Podia abarcar com a vista todos os ancoradouros, os barcos, as pessoas se movimentando, minúsculas, os caminhões, os barquinhos de pescadores, muita gente andando pelo Malecón, e mais adiante, a cidade. A imensa cidade a perder de vista no meio da bruma da umidade e do reflexo ofuscante da luz solar. À direita, os edifícios altos e em ruínas de seu bairro. Centro Habana continuava igual, bonita e maltratada, esperando ser maquiada. Inconscientemente, seu olhar procurou um determinado edifício, um ponto ligeiramente mais recuado do litoral. A cem metros do Malecón. Ali estava a sua cobertura. Ainda não fora derrubada. Sentiu o coração bater com mais força e quase lhe sair pela boca. Todas as recordações vieram juntas: sua mãe tão burra; mas era sua mãe, e gostava dela apesar de tudo. Seu irmão, que teve um negócio e se atirou na rua sem pensar, sua avó, que não aguentou mais, e ele sem saber o que fazer, de pé, atrás do galinheiro. Seus olhos se encheram de lágrimas. "Que horror! O que está acontecendo comigo? Por que me aconteceu uma coisa dessas? Quero esquecer e não consigo. A cobertura ali e eu aqui, um vagabundo, sem ter lugar para ficar. O que será que aconteceu com as pombas, com os cachorros, com as galinhas?" As lágrimas brotaram com força e não conseguia parar de chorar, como um menino. Ali ficou, horas, deprimido, sem forças, pensando na sua família destruída de uma só vez. Sentado, com o santo sem cabeça na mão. Uma torrente incontrolável de lágrimas. Pela primeira vez na vida se sentiu desamparado, abandonado, solitário. E lhe deu muita raiva. Acabaram-se as lágrimas. E começou a se golpear na cabeça e no rosto. Autoagressivo. Não quer lembrar de nada. Não pode se permitir isso. E continua se batendo com gana. Pega uma pedra e bate ainda mais duro. Dói muito, perde o controle. A raiva por ter chorado, por ter recordado, faz com que bata em si próprio até sair sangue.

Acaba exausto, ferido, coberto de sangue e muito dolorido. Mas ainda está cheio de ódio e rancor, e pensa na mãe, que lhe dava pauladas e gritava: "Não chore, porra, não chore. Homem não chora", mas o moía de paulada. "Da próxima vez bato a cabeça com força na parede e me mato. Tenho de esquecer tudo", pensa. Por que havia caído tanta merda em cima dele? Não conseguia entender. Pela primeira vez pensava em tudo aquilo. Não podia chorar e amolecer como um menino. Ele era homem, e homem não pode afrouxar. Homem tem de ser durão ou morrer.

Estava entardecendo quando por fim conseguiu se levantar, mas não tinha nem fome, nem sede. E não desceu do morro. Ficou ali, aos pés da estátua. Olhando como a cidade ia acendendo suas luzes escassas. Uma linda cidade. Em volta da sua cobertura só havia escuridão. Não dava mais para ver o prédio. Pelo menos, esgotara as lágrimas. Havia chorado muito recordando. E não havia nada a fazer. Nada. Só continuar vivendo, até chegar a sua vez.

Essa noite, dormiu ali mesmo. Dormiu mal. Despertou muitas vezes durante a noite, e sempre olhava a cidade. Uma vez e outra. A vista ia direto para aquele pedacinho que fora seu bairro. No dia seguinte, desceu para o terminal de trens, andou um pouco pelo povoado. Comeu umas sobras que lhe deram num café. Tinha um aspecto desastroso: muito magro de tanta fome acumulada, com grandes olheiras, o cabelo crespo de mulato crescendo vertiginosamente, machucado, com marcas roxas e arranhões, feridas nas faces, nos lábios, na testa. Sangue ressecado em toda parte, mais a sujeira e os farrapos. Estava destruído. Parecia um caçador de gatas no cio. As pessoas olhavam para ele com uma mistura de nojo e pena, mas não permitiam que se aproximasse.

Quando anoiteceu, subiu de novo para o Cristo. Mas não chorou mais. Com os olhos bem abertos, olhando sua casa, começou a maquinar a ideia de ir até lá e averiguar o que acontecera. Quando o levaram dali tinha treze anos. Agora, já estava com dezesseis. Lembrou que a vizinha era boa gente, a mãe da putinha, talvez pudesse ajudá-lo.

Resolveu atravessar a baía e chegar até sua casa. Em três anos e tanto havia mudado muito. Não seria fácil reconhecê-lo. Nem para seus amigos do bairro. Será que ainda criavam pombas? O tempo dos pobres era diferente. Não têm dinheiro, e por isso não têm carro, não podem passear e viajar, não têm bons aparelhos de som, nem piscina, não podem ir aos sábados ao hipódromo, nem entrar nos cassinos. O pobre num país pobre só pode esperar o tempo passar e chegar a sua hora. E nesse intervalo, desde que nasce até morrer, o melhor é tratar de não arrumar encrenca. Mas às vezes a gente, sim, arruma encrenca. Ela cai do céu. Assim, grátis. Sem a gente procurar.

De qualquer jeito, resolveu atravessar. Mas uma coisa é resolver atravessar a baía e outra é fazer isso de fato. Voltou para seu velho contêiner, onde se sentia seguro e bem protegido pela solidão.

Ali ficou dias e noites. Pela primeira vez na vida enfrentava uma indecisão. Até agora os outros sempre tinham decidido por ele. Uma tarde, aproximou-se do cais. Pôs as moedas na mão do cobrador e subiu na barca. Um outro sujeito fazia concorrência: um negro velho e magro, de cabeça raspada e coberto de tatuagens, tocando sem parar um tamborzinho. Era um show contínuo. O sujeito não parava. Recolhia as moedas num gorro e uns turistas tiravam fotos dele. Alguns se aproximavam para ver melhor as centenas de tatuagens de seu corpo. Ele despira a camisa e arregaçara um pouco as calças para que vissem. Era um negro simpático. Sorria e tocava o tamborzinho, fazia caretas, e continuava a sorrir. As pessoas olhavam para ele e se divertiam, mas ninguém lhe deu nem um centavo. Em poucos minutos atravessaram a baía e Rei se viu caminhando pela avenida del Puerto.

Eram sete da noite, mas o sol ainda estava alto e forte. Foi andando devagar, chegou em frente ao hotel Deauville e descansou um pouco sentado no muro. Havia pouca gente. De noite, esse lugar ficava cheio de putas e malandros, travestis, maconheiros, gente do interior que não sacava nada. Punheteiros, vendedoras de amendoim, cafetões com rum e tabaco falsificado e cocaína verdadeira, putinhas recém-importadas do interior, músicos de rua com violões e maracas, vendedoras de flores, triciclos com seus taxistas multiofício, policiais, aspirantes a emigrantes. E algumas mulheres infelizes, algumas velhas, alguns meninos, os mais pobres entre os pobres, que se dedicam a pedir moedas incessantemente. Quando um turista incauto e melancólico aterrissa no meio dessa fauna não agressiva, mas engraçada e convincente, geralmente cai fascinado na armadilha. Acaba comprando rum ou tabaco de merda, achando que é original e que está sendo muito esperto e que está tendo muita sorte. Às vezes, meses depois, acaba casando com uma dessas esplêndidas mocinhas ou se junta com um garoto pintudo. Depois dessas proezas, o turista garante aos amigos que agora é feliz, que a vida nos trópicos é maravilhosa e que gostaria de investir aqui o seu dinheiro e ter uma casinha à beira-mar, com sua negrinha complacente e atraente, abandonando o frio e a neve, para não ver mais as pessoas educadas, cuidadosas, calculistas e silenciosas de seu país. Enfim, cai num transe hipnótico e sai da realidade.

Agora, ao contrário, só havia ali dois bêbados, bebendo profissionalmente debaixo do sol. Ele ficou olhando os dois e mostrou o santinho:

— Uma ajuda para o santo.

— Olha, vou lhe dar o que eu tenho no bolso. No fim, dá na mesma. E esse aí é são Lázaro... não? Sim.

O bêbado era um homem de uns sessenta anos, muito magro, com uma camisa puída e suja para fora das calças, mas que ainda conservava certo ar de pessoa decente e educada. Estava ébrio demais e não enxergava bem. Tirou do bolso umas notas, umas moedas, um chaveiro sem chaves. Jogou tudo dentro da caixinha. Rei ficou quieto. Tentou ir embora depressa, antes que o velho bêbado pegasse de volta o dinheiro. Mas o outro bêbado o agarrou pelo braço e não deixou que fosse embora. Era um sujeito sujo e vulgar:

— Não, não. Espere aí... Aonde é que você vai? Com o que que a gente vai comprar outra garrafa? Deu o dinheiro todo para ele?

— Dei, o dinheiro é meu. Você não tem nada com isso.

— Tudo bem... é verdade, o dinheiro é seu...

— Não consigo beber mais. Já estou cheio.

— Como não consegue? Isso não se diz nunca... um homem nunca diz isso.

— Bom, consigo, sim, mas tenho de fazer uma coisa... você é meu amigo... você é meu amigo.

E lhe deu um forte abraço.

— O que é isso? Para que esse abraço?

— Você é meu amigo... até logo.

O velho pegou Rei por um braço e saiu andando. O outro bêbado ficou sentado, olhando o vazio. O velho se apoiou no braço de Rei e continuou falando, arrastando as palavras. Estava muito chumbado e cambaleava para um lado e para o outro, sempre a ponto de ir para o chão. Não parava de falar:

— Você é moço. Eu não aguento mais. Me ajude...

— Aonde você quer ir?

— Lhe dei todo o meu dinheiro... olhe... todo mundo me abandonou... todo mundo. Minhas filhas, meus netos, minha mulher, os maridos das minhas filhas. Todo mundo foi embora... e eu não aguento mais...

Começou a soluçar e agarrou com força o braço de Rei. Estavam indo para os portões de Galiano.

— Agora perdi até o quarto, estou na rua faz dias... bom, vendi tudo, pouco a pouco, para o rum e o cigarro. É preciso esquecer o sofrimento... mas não consigo esquecer nenhum. Nunca me telefonaram, nem uma carta. O que eu fiz de errado? Um traguinho de vez em quando? E por isso sou mau pai e me botam de lado? Por isso eu... mau pai? Eu gosto de rum. O que é que eu vou fazer?

— Aonde é que eles foram? — Rei perguntou.
— Pra fora, rapaz. Pra fora. Pra onde vai todo mundo.
— Por que não foi junto com eles?
— Náããão... eu não tenho que ir embora. Eu nasci em Cuba, morro em Cuba.

Do bolso de trás tirou uma garrafa com bastante rum. Conteve os soluços e, com um sorriso amargo, disse a Rei:

— Esta aqui é a minha reserva especial, da minha adega particular.
— De quê?
— Você é um ignorante, um xucro. Com gente ignorante não dá para conversar. Sabe ler?
— Ahh, velho, sai dessa. Eu vou me mandar.

O velho o deteve:

— Não, não. Não pode ir embora. Lhe dei todo o meu dinheiro... espere um pouco... não pode ir. Me ajude a entrar em meu edifício, a subir até a cobertura.
— Mas você não disse que perdeu o quarto?
— É, mas continuo mais ou menos por aí... vamos até a cobertura.
— Onde é?
— Na outra esquina. Vamos lá, não consigo mais subir a escada.

Continuaram andando. Entraram num velho edifício destruído. Um dia, fora elegante e bonito. Agora tinha uma fossa transbordando merda no centro do saguão, e uma bela escadaria de mármore branco caindo aos pedaços e suja, como tudo. Tinha cheiro de maconha. Rei farejou o ar e gostou. Um negro e uma negra muito jovens, num canto escuro, estavam fumando e se beijando, e se chupando mutuamente. O velho não prestou atenção em nada. Rei ficou olhando e se excitou na mesma hora. Uhmm. Começaram a subir. Rei empurrava o velho pelas costas e lhe dava apoio. Subiram a duras penas. Cinco andares. O velho começou a soluçar.

— Por que está chorando? Não mora aqui em cima?
— Não, não, vamos até a cobertura.

Saíram por uma portinha para a cobertura do edifício. Rei gostou daquele ar fresco depois de tanto exercício. Já era noite bem fechada e tinha refrescado. Ficou entretido olhando os arredores dali daquela altura. O velho continuava soluçando. Pegou de novo a garrafa e deu mais um trago grande. Estendeu para Rei:

— Tome, fique com isso e peça a são Lázaro por mim.

Passou uma perna pela mureta e se atirou de cabeça para baixo.

— Ai, minha mãe! Mas...

Rei fez um gesto para chegar à beirada e olhar para baixo, para a rua. Mas não. Só pensou em escapar. Tremendo de medo desceu as escadas o mais depressa que pôde. A fome e as dificuldades tinham acabado com suas forças. Quando chegou embaixo, assumiu a expressão de tonto meio adormecido que usava para pedir esmolas. Lá estava o velho. Caiu de cabeça e o crânio estava despedaçado. Ficou numa postura grotesca, como se não tivesse ossos e fosse de borracha. Os vizinhos e transeuntes olhavam de certa distância. Ainda não havia policiais. Rei foi embora, Galiano acima. Já vinham vindo dois policiais correndo. Alguém tinha chamado. Andou muito pouco e sentou-se num banco, no parque da Galiano com a San Rafael. Tirou o dinheiro do velho e contou. Oitenta e três pesos. Estava rico. Nunca em sua vida tinha tido tanto dinheiro. Quando entendeu isso, recuperou o apetite. Desceu pelo bulevar San Rafael. Queria comer comida quente. Uma senhora estava vendendo caixas de papelão com arroz, feijão, lombo defumado e batata-doce frita. A vinte pesos.

Em poucos minutos traçou uma caixa e três refrescos, sentado na sarjeta. Ufa, teve um forte engulho, recostou-se na parede. Toda aquela comida de repente no estômago. Logo depois, conseguiu continuar andando bulevar abaixo. Virou na Águila e continuou andando até o parque da Fraternidad. Estava muito escuro. Quando os olhos se acostumaram, descobriu que tinha gente sentada em todos os bancos. Veados. Se beijando, cochichando, chupando, suspirando, gemendo. Um carro iluminou por alguns segundos e viu um de quatro na grama, levando no rabo. Estava com sono. Acomodou-se no chão, encostado a uma árvore grossa, e dormiu.

Logo depois a chuva o despertou. Uma pancada com vento e trovões. Ficou encharcado. Não tinha ninguém em volta. Todos haviam escapado para o saguão do prédio em frente. Meio adormecido ainda, levantou-se e foi até lá. Se jogou num canto e dormiu de novo.

De manhã, ainda estava úmido. Então se lembrou do velho bêbado da noite anterior. Quem sabe, um dia, tivesse de tomar a mesma decisão e se atirar de cabeça quando não aguentasse mais. Levantou-se do chão e voltou pela Águila. Nessa rua, entre a Dragones e a San Rafael, restavam de pé vários edifícios meio em ruínas, abandonados. Eram bons lugares para passar a noite. Seguiu Águila abaixo e voltou ao Malecón, em frente ao Deauville. Descansou um pouco, sentado no muro, e logo retomou sua marcha. Um momento depois chegou à esquina de sua casa. Sentou-se de novo no muro do Malecón e se dedicou a observar o ambiente.

Nada havia mudado. Tudo sujo, destruído, as pessoas sentadas na calçada, tomando a fresca, conversando, bebendo rum, escutando música. Ninguém trabalha. Ganha-se mais com algum negocinho. Melhor que se arrebentar por quatro pesos por dia. Rei atravessou a avenida e se sentou no pequeno parque da esquina, construído onde anos antes um edifício fora derrubado. Pedia esmolas a todos que passavam. Ninguém o reconheceu. Dali podia ver bem sua casa e a vizinha. Ficou um bom tempo. Não aconteceu nada. Ninguém apareceu na varanda. Sem pensar duas vezes, saiu de seu posto de observação e foi andando devagar até a porta do edifício. Subiu os quatro andares, até a cobertura, e bateu na porta. Quem abriu foi a velha vizinha. Ele a reconheceu, mas tinha ficado muito magra. Ela, que sempre fora gorda e peituda. Era um saco de ossos. Quando o viu, disse:
— Ai... Você subiu até aqui para pedir esmola? Espere um pouco.
Entrou. Voltou em seguida com umas moedas, colocou na caixinha e ia fechar a porta. Rei a deteve com um gesto:
— Fredesbinda, não lembra de mim?
A mulher olhou melhor, mas não por muito tempo:
— Não lembro.
— Sou eu, Reinaldo, aí do lado.
— Ai, menino, por Deus!... entre, entre.
E abriu passagem. A porta dava para a cobertura. Passaram entre barris velhos e enferrujados, gaiolas de galinhas e outras porcarias acumuladas ao longo dos anos. Chegaram ao pequeno quarto de três por

quatro metros, idêntico ao que em outros tempos eles ocupavam. Bem ao lado daquele. Teve de contar a Fredesbinda o que lhe acontecera nos últimos anos. Resumiu tudo em dois minutos e não contou que fugira.

— E o que fizeram com minha mãe, meu irmão e minha avó?
— Não sei, meu filho. Levaram pro necrotério. Não sei.
— O quarto está fechado?
— Não. Logo depois veio uma família do Leste e está aí até agora. São boa gente, para falar a verdade. Não dão trabalho.
— E quem deu o quarto para eles?
— Chegaram, entraram e ficaram. São sete. Não sei como cabem dentro desse quartinho.

Para Rei tanto fazia. Ficou calado um tempo. Então era assim? Estava a ponto de ir embora. Mas se lembrou da mulatinha puta, filha de Fredesbinda, e perguntou:

— E sua filha?
— Melhor não falar disso.
— Por quê?
— Uhmm... está na Itália.
— É?
— Casou com um italiano.
— Bom, ela se virou bastante por aqui, lembra? Agora, pelo menos, está vivendo bem.
— Não fale assim. Ela não era puta, mas era muito alegre. Andava sempre fazendo festa com os estrangeiros... gostava muito de se divertir.
— Mandou dinheiro para você?
— No começo, sim. Duas vezes. Mas faz mais de um ano que não sei de mais nada.
— Ahhh... mas... vai ver que não gosta de escrever.
— Não, Rei. Eu conheço a minha filhinha. Aconteceu alguma coisa com ela... ai, não quero nem pensar.

E começou a soluçar.

— Não pense coisa ruim, Fredesbinda.
— Não penso, mas estou desesperada. Estou pressentindo alguma coisa que não é boa. Essa menina gosta muito de mim para ficar um ano sem dar notícias, sem escrever...

— Ela era inteligente...

— Eu sei o que estou dizendo — disse Fredesbinda, fungando e enxugando as lágrimas.

— E você acha o quê? Que ela morreu?

— Menino, a gente não diz essas coisas. Deus queira que não... Dizem que muitas eles obrigam a trabalhar... sabe... de puta em cabaré... ai, minha mãe.

Rei ficou quieto. Estava a ponto de ir embora. Fredesbinda tinha só cinquenta e dois anos, mas estava enrugada, magra e triste. Daqueles peitos bonitos e grandes que ele tanto admirava quando batia punheta na cobertura restavam apenas duas pelancas abundantes e flácidas caindo até a cintura dentro da blusa. Atormentada, ela olhava o chão, alheia a Rei. Então, pareceu lembrar-se dele:

— Você está um desastre. Muito pior que quando morava aqui.

Rei não respondeu. Não estava com vontade de falar mais nada.

— Vou esquentar alguma coisa para você almoçar. Mas tome banho antes, pra jogar fora esses trapos imundos. Tem uma roupa limpa aí que deve servir em você.

A velha tinha um banheiro microscópico dentro do quarto. Deu-lhe um balde de água fria, um sabão e um trapo. Ele se esfregou sem pressa. Não gostava de tomar banho, mas de vez em quando era bom.

— Lave bem a cabeça para ir cortar esse cabelo mais tarde.

Rei não respondeu. Pensou: "Será que ela pensa que vou ficar aqui?".

A velha continuou:

— Porque... não precisa ir embora já. Pode ficar e amanhã vamos ver como a gente faz para pegar de volta a sua casinha. Você tem direito, acho.

— Não. Não estou interessado nisso, não.

— Bom, não precisa ter pressa. Pode ficar uns dias.

"Ah, essa velha está querendo uma piroca no cu, mas deve ser uma armadilha, não posso ficar muito tempo aqui", pensou.

Nesse momento, Fredesbinda abriu a mínima cortina plástica do banheiro e lhe estendeu uma calça, desbotada, mas em bom estado. Ao mesmo tempo, seus olhos correram até o sexo de Rei:

— Está vendo, de banho tomado e limpo ficou outra coisa. Tome, água-de-colônia... deixe que eu ponho.

Só de perceber Fredesbinda olhando para ele, Rei sentiu a rola começando a inchar. Quando ela esfregou a água-de-colônia no seu peito e no pescoço, ficou com o pinto mais duro que um pau. Os olhos da velha brilharam, seu rosto ficou alegre e pareceu retroceder instantaneamente dos cinquenta e dois para gloriosos vinte anos:

— Ah, que pau mais lindo!

Pegou-o com as duas mãos, apertando. Apalpou-lhe o saco. Era um cacete esplêndido e grosso de vinte e dois centímetros, de uma cor de canela bem escura, com pentelhos negros e brilhantes. Havia muito tempo que não fazia sexo. Tinha comido o cu de alguns veados no reformatório. Mas lá não havia muitas bichas, e eram disputadas a tapa, o que divertia muito as loucas. Ver os machinhos brigando por causa delas. Ele brigou duas vezes, mas depois resolveu que não valia a pena. Aí se masturbava toda noite, mas nada como uma boa chupada de quem sabe, seguida de uma boa boceta úmida e cheirosa, com as respectivas tetas e um rosto lindo de cabelo comprido, e, além disso, um cu opcional, para variar um pouco de buraco.

Fredesbinda era a rainha da chupada. Tinha muito orgulho da sua capacidade sugadora. Tirou o pau um instante da boca. Apenas o tempo necessário para fechar a porta, tirar a roupa, atirá-lo sobre a cama, com ela por cima. E continuou chupando. Depois, meteu ela mesma para dentro, ansiosa. Tinha uma xoxota escura, mas também muito sugadora, musculosa, potente. Rei gozou três vezes sem perder a ereção, e ela pedindo mais. Enfim, terminaram, suando, esgotados, e dormiram um pouco. O calor era insuportável, e acordaram inchados. Comeram um pouco de arroz com feijão. Fredesbinda lhe deu dois pesos e ele foi cortar o cabelo. Estava se sentindo bem e tinha recuperado a confiança em si mesmo. Dar uma boa trepada e satisfazer uma mulher é sempre estimulante. Rei estava se sentindo bem macho. Vigoroso como nunca.

Quando voltou da barbearia parecia outro. Barbeado, bem raspado, de roupa limpa e umas sandálias de borracha quase novas. Apesar disso, parecia ter mais de dezesseis anos. Podia passar por vinte e dois, até vinte e quatro. Tinha uma expressão dura no rosto.

E fome, muita fome. Passou assim uma semana. Nem ele nem Fredesbinda trabalhavam. Só trancados, trepando, comendo e bebendo rum. As perlonas de Rei a deixavam louca:

— Rapaz, onde você arrumou essas pérolas no pau? Eu nunca tinha visto isso. Você é maluco, menino!

Rei aprendeu a usar as pérolas esfregando contra o clitóris de Fredesbinda. E as pérolas converteram Rei definitivamente no Homem da Pica de Ouro.

Acabaram-se o dinheiro e a comida da velha. Trepavam três ou quatro vezes por dia e a velha se acabou, nasceram-lhe mais rugas, estava com o pescoço coberto de chupões roxos. Rum, cigarros, sexo e música do rádio. Boa música de salsa. A vida era isso! A vida é isso! A vida será isso! Que mais se pode pedir?

Fredesbinda imaginou uma coisa e precavidamente não contou a ninguém quem era aquele rapaz. Rei às vezes saía de noite na cobertura, olhava para o que um dia fora sua casa, e não sentia absolutamente nada. Nem nostalgia, nem lembranças, nada. Era um cara durão. Quando pensava assim, sentia vontade de lutar boxe. De bater duro na cara de um negro forte. Receber uns quantos pescoções, assimilar e devolver, batendo mais duro ainda. Duro, mais duro, até poder mandar um gancho no fígado e arrebentar o sujeito na lona.

Essa noite foi um pouco violento na cama. Pregou uns quantos bofetões em Fredesbinda. Por nada. Só para motivar. Agarrava os bicos dos peitos dela e retorcia. Ela gostava:

— Ai, assim, *papi*, bate, me machuca... me aperta os peitos... ai... vai, mama, chupa meu leite, bandido, sem-vergonha...

Isso o excitava mais e acabaram extenuados. Dormiram como pedras. No dia seguinte, não tinha nem café, nem um tostão. Ele desceu a escada de estômago vazio. Tinha pensado que no mercado agrícola de Ánimas podia encontrar alguma coisa para fazer. Odiava trabalhar, mas não queria voltar a revirar o lixo e comer coisas podres cobertas de vermes.

Rondou um pouco pelo mercado, perguntou e conseguiu ajudar a descarregar um caminhão de bananas, depois outro. Teve trabalho até o meio-dia. Ganhou vinte pesos. Roubou umas bananas maduras, umas mangas quase podres e um punhado de limões. Quando chegou à casa de Fredesbinda com tudo isso, ela se alegrou:

— Ai, *titi*, você é o Rei de Havana.

— Hehehe — ele riu, inchado, orgulhoso do trabalho.

— O Rei de Havana! — repetia Fredesbinda, engolindo bananas e mangas.

Assim passaram os dias. Ele, muito disciplinado, se levantava ainda no escuro e ia descarregar caminhões no mercado. Gostava daquele cheiro de frutas e verduras maduras e podres, das brincadeiras brutas dos outros carregadores, dos camponeses assustados que chegavam nos caminhões, de se sujar com a terra vermelha das mandiocas e batatas-doces. Foi aperfeiçoando o roubo. Agora, deixava um saco em algum canto escuro e ia enchendo pouco a pouco. Antes do amanhecer, pegava o saco, saía pela porta de trás e ia levar para Fredesbinda, que estava à sua espera.

— Chegou o Rei de Havana!

— Reinaldo, só. Reinaldo, só isso.

— Não, *papi*, não. Você é o Rei de Havana.

Às vezes, o saco continha só pepinos e alhos. Outras vezes, melões e abóboras. De qualquer jeito, Fredesbinda vendia aquilo e ganhavam uns pesinhos a mais. Rei ficava cada dia mais hábil. A festa durou umas duas semanas. Agora estava mais forte, mais bem alimentado, musculoso, e um pouco mais alegre. Bombeava sua semente em Fredesbinda duas ou três vezes por dia. A velha também tinha se esquecido do possível drama da filha na Itália. Seduzida e abandonada? Ou seduzida e explorada?

Tudo o que começa termina. Uma madrugada, apareceu um policial na porta do mercado, no exato momento em que Rei ia saindo com o saco cheio de vegetais. Fora denunciado. O policial se aproximou depressa e ordenou:

— Cidadão, detenha-se e mostre o documento de identidade.

Rei ficou tão apavorado que nem pensou no que fazia. Jogou o saco em cima do policial. Derrubou-o no chão e saiu correndo na direção oposta. Correu feito um demônio, chegou a San Lázaro e continuou pelo parque Maceo até o Malecón. Muito assustado, sentou-se um pouco para ver se estava sendo seguido. Não. Ninguém. Estava amanhecendo lentamente. Poucos minutos depois, já andavam por ali os primeiros punheteiros do dia. Caçavam mulheres que passavam sozinhas e apressadas para o trabalho. Mostravam-lhes o pau e se masturbavam. Sempre se colocavam junto a uma coluna ou num túnel debaixo da avenida do Malecón. Sabiam como fazer. Eram peritos. Iam se esquentando até passar alguma muito especial e na frente dela soltavam o sêmen. Limpavam-se e seguiam, a pé ou de bicicleta.

Quando o sol apertou um pouco, Rei saiu andando. Não sabia para onde. Não podia voltar ao mercado. A capela de La Milagrosa estava aberta. Na escadaria de entrada, gente pedindo esmola com os santinhos nas mãos. Rei sentou-se ali, observando. "Acho que vou pegar meu santinho outra vez", pensou. A fila dos ônibus duplos, os "camelos", estava uma delícia. Os camelos passavam depressa, a cada dez minutos. Em cada um duzentas pessoas, suando e xingando, umas em cima das outras. Sexo, violência e linguagem de adultos. Mas a fila continuava igual. Não diminuía. Uma avalanche atrás da outra de gente. Ele ficou observando dois negrinhos batedores de carteira que aproveitavam quando o camelo chegava. Todos se precipitavam num tropel para subir, distribuindo cotoveladas, empurrando, apressados. Os negrinhos metiam as mãos nas bolsas, nos bolsos, e as pessoas não percebiam. Uma bela colheita. Roubaram pelo menos seis carteiras e se mandaram dali. Eram muito hábeis. Rei gostou daquilo, e pensou: "Parece fácil, mas eu sou muito desajeitado para me meter a batedor de carteira. É uma moleza, porque não tem de se arrebentar carregando saco, mas...".

— Quer amendoim?

Uma voz doce de mulher o interrompeu. Largou na frente dele um monte de cartuchos de amendoim. Ele olhou para ela e gostou. Era bem morena, com uma boca carnuda, um rosto bonito, cabelo comprido pintado de loiro com grandes raízes negras. Alta, muito magra. Tinha cara de estar passando fome, apesar do sorriso. E muito suja. Era evidente que não gostava de tomar banho. A roupa era velha, desbotada, asquerosa, e mostrava o umbigo, provocante, mesmo manchado de sujeira e fuligem.

— Não tenho dinheiro.
— Eu dou. E quando você puder paga. Para outro não, mas para você sim.
— Me dê.

Rei pegou o cartucho de papel e começou a mastigar amendoim. Ela sentou a seu lado. Atrás deles, num painel da igreja, um grande cartaz dizia com letras vermelhas: "E, entrando no templo, começou a expulsar todos os que nele vendiam e compravam. São Lucas 19,45". E mais abaixo, com letras negras: "Proibido sentar na escada. Deixe a passagem livre".

— E por que para mim sim e para outro não?
— Ah — ela disse sem sorrir, com um gesto duro.
— Ah o quê?
— Ai, deixa disso. Me deu vontade de dar pra você.

Rei não respondeu. Em frente, no parque Maceo, dois sujeitos empinavam umas pipas japonesas, grandes e bonitas, com belos desenhos coloridos.

— Olhe que lindo — ele disse.
— É.
— Já tinha visto isso antes?
— Já. Às vezes são dez ou doze ao mesmo tempo.
— Ah.

Ela vendeu uns cartuchos. Ficaram um longo tempo em silêncio. Rei tinha gostado dela, mas não sabia como abordá-la. Os dois eram pobres de palavras. Ela vendia amendoim. Ele gostaria que todos dissessem: "Ah, ela cantava boleros". Mas não. Ela vendia amendoim. Olhava para ele de soslaio, coquete, e se sorriam. Se gostavam e nada mais. Três ou quatro horas depois, acabou todo o amendoim. Era meio-dia. Ela tomou a iniciativa.

— Vamos ou você vai ficar?
— Vamos.

Foram na direção da Belascoaín.

— Quer uma pizza?
— Não tenho dinheiro.
— Não precisa dizer mais nada. Já sei.

Ela comprou duas pizzas. Um pouco mais adiante, num bar, comprou uma garrafa de rum mata-ratos e um maço de cigarro. Cada um bebeu um gole. Rei fez uma careta.
— Argh, cachaça de açúcar. Como você chama?
— Magdalena. Me chamam de Magda. E você?
— Rei. Me chamam de Rei de Havana.
— Hahaha. Isso você vai ter de provar.
— Não tenho que provar nada. É assim que me chamam.
Ela ria, mas o olhar continuava duro, com suas grandes sobrancelhas escuras e bonitos olhos negros. Parecia uma cigana bonita, magra, tensa e vibrante como um caniço.
— Quantos anos você tem, neném?
— Vinte, e você?
— Não, cara, não. Você tem menos de vinte.
— Dezesseis.
— Ah, mas é um menino.
Rei olhou para ela muito sério, e respondeu:
— Tá, menino, mas com uma pica deste tamanho...
E fez um gesto com as mãos, de bom tamanho.
— Escute aqui, respeito é bom e eu gosto, deixe de besteira.
— Não é besteira, é verdade.
Continuaram andando em silêncio. Tomaram outro gole da garrafa. Rei começou a falar de novo:
— E você?
— E eu o quê?
— Quantos anos tem?
— Ah, eu sou velha pra você.
— Deve ter uns trinta e poucos.
— Vinte e oito.
Seguiram Belascoaín acima. Desceram a Reina, entraram na Factoría e se enfiaram pelo bairro de Jesús María. Quando chegaram a um edifício quase totalmente destruído, Magdalena apontou:
— Venha por aqui.
Entraram naquela ruína. Subiram a escada, sem corrimão. Foi, um dia, um bonito edifício. Em alguns pontos, restavam azulejos sevilhanos, grandes placas de mármore branco cobrindo as paredes

e pedaços de lindos balaústres de ferro forjado. Agora estava totalmente destruído. Mais da metade tinha despencado. No pedaço que ainda se mantinha de pé, havia três quartos. Cada um com uma porta e um cadeado. Um era de Magdalena. Lá dentro, só havia um colchonete no chão. Num canto uma terrina, uma jarra, uma colher, uma lata com água, um fogãozinho de carvão vegetal e três caixas de papelão: uma com umas roupas muito velhas e puídas; outra com umas embalagens de arroz, feijão, açúcar, e uma outra com um saco de amendoim cru, e uma provisão de papel branco para confeccionar os cartuchos.

Magda bebia rum e fumava. Às vezes, um pouco de maconha. E pouca comida. Não falaram muito. Quase nada. Ou nada. Ela fechou a porta, abriu uma janela para arejar um pouco o quarto. Olharam-se e se beijaram. As palavras não faziam falta.

Nenhum dos dois se incomodava com a sujeira do outro. Ela tinha uma xota um pouco ácida e a bunda cheirando a merda. Ele tinha uma nata branca e fedida entre a cabeça do pau e a pele que a rodeava. Ambos cheiravam a bodum nas axilas, a rato morto nos pés, e suavam. Tudo isso os excitava. Quando não aguentaram mais foi porque estavam extenuados, desidratados, e anoitecia. Ela e os outros viviam ali ilegalmente porque o edifício podia desmoronar a qualquer momento. Portanto, não tinha água, nem gás, nem eletricidade. Não tinham nem uma vela. Anoiteceu e continuaram jogados na enxerga, no escuro, meio bêbados, meio estupidificados de tanto exagero no sexo.

— Rei, estou com o cu ardendo. O cu e a boceta. Você acabou comigo.

— Porque você é uma velha. Eu estou inteiro.

— Ahh, está inteiro, é?... espere aí... agora você vai me provar se é o Rei de Havana ou o Cu de Havana.

Procurou no fundo de uma caixa. Tinha meio quilo de maconha escondido no meio daqueles trapos sujos. Enrolou dois. Guardou de novo o pacote e acenderam os dois baseados. Aspiraram bem fundo. Até quase arrebentar os pulmões. Ela começou a excitá-lo. Pegou o pau morto e meteu na boca. A erva era boa. Fez um bom efeito. O bicho se desenrolou, empinando, procurando a quem morder. Começaram de novo. Rei não tinha mais porra. A piroca seca. Três horas mais. Acabaram dormindo.

No dia seguinte, acordaram tarde. Ela acendeu o fogãozinho de carvão, torrou amendoim. Prepararam cem cartuchos. Já era meio-dia quando Magda saiu para vender. Antes, cagou num pedaço de papel, fez um embrulho e jogou na cobertura do edifício vizinho. Desceram a escada.

— O que você vai fazer, Rei?
— Vou catar garrafa de plástico num café aí. Tem uma lixeira cheia de copo e garrafa.
— As grandes dá para vender por dois pesos.
— Eu sei.
— Tome — deu-lhe cinco pesos —, coma alguma coisa porque você mereceu. Quase me matou essa noite.
— Hahaha... Sou o Rei ou não sou?
— Uhmmm.
— Tchau, a gente se vê de noite.

Rei catou do lixo as garrafas vazias de refrigerante, os copos. Tentou vendê-los a granel numa cervejaria. Os bebuns não tinham copos nem garrafas, mas ali estava Rei oferecendo o material. Só que os copos e as garrafas tinham um aspecto porco demais, e ninguém comprou dele. Outros vagabundos um pouco mais limpos também vendiam copos e garrafas recolhidos por ali, nas lixeiras dos cafés que vendiam a dólar. Aquele negócio tinha concorrência.

Irritado, de mau humor, Rei voltou para o prédio de Magda. Eram quase nove da noite. Subiu no escuro, chegou à porta e escutou suspiros e gemidos. Era Magda, trepando com outro. Ficou muito puto. "Ah, essa puta está me gozando", pensou. Bateu forte. Os suspiros cessaram. Silêncio.

— Magdalena! Abra!

Ela abriu e tentou empurrá-lo. Mas ele entrou como um vendaval. Um homem velho, magro, sujo, um pouco andrajoso, estava tentando vestir as calças precipitadamente. Rei o agarrou pelo pescoço. Deu-lhe uns sopapos. O sujeito não revidou.

— Que é isso, menina?! Você o que é é muito puta!

Expulsou o sujeito do quarto. O infeliz não abriu a boca e saiu correndo escada abaixo. Magda gritou para ele:

— Amanhã a gente se vê, Robertico. Não suma! Não tenha medo deste aqui, que ele não é nenhum peido que rasgue a cueca!

Rei ficou ainda mais furioso quando ouviu aquilo. Ela o enfrentou:

— Escute aqui, caralho, quem você pensa que é pra me aprontar uma dessas? Está pensando que é meu marido, é?

— Eu sou seu marido! Sou seu marido, e você tem de me respeitar!

— Você o que é é um fodido e um morto de fome que não tem onde cair morto.

— E você? É alguma milionária?

— Você não sabe que esses velhos me pagam vinte, trinta pesos por uma trepadinha? E nem ficam de pau duro.

— Não ficam? Eu ouvi você suspirando feito uma louca.

— Teatro, filhinho. Teatro pra animar eles. Com os velhos todos, têm que fazer muito teatro. E estou pouco ligando se eles levantam ou não. Se metem em mim ou deixam fora. Já meti com mais de quinhentas picas desde que tinha oito anos de idade até hoje, e antes de morrer vou meter com mais quinhentas. Você não fique pensando que é tão durão assim, não!

— Você é uma fodida.

Magda mudou de tom de repente, e se fez melosa e sedutora:

— Chega, *papi*, chega. Não fique bravinho.

— Bravinho um cacete!

— Chega, chega, benzinho, chega. Olhe o que eu tenho aqui...
— Mostrou uma garrafa de rum. — Estava esperando você, garoto. Mas aquele velho veio atrás de mim e, vou lhe dizer uma coisa, caia na real: toda vez que eu puder ganhar vinte pesos com um velho desses, eu ganho. Abro as pernas e eles que venham de língua ou de dedo...

— Tá, tá bom.

— Ah, está vendo, você é inteligente, mas às vezes se faz de besta. Vá, me dê um beijinho.

Se despiram e se jogaram na enxerga. Passaram as horas, com rum e fumo do bom. E as horas e os dias e as semanas. Rei se acostumou com os velhos vagabundos que pagavam para lamber aquela xota ardida e fedorenta, masturbar Magda com os dedos, tentar meter nela. Às vezes, ele saía do quarto e sentava na escada. Gostava de escutar o teatro que ela fazia, de suspiros e gemidos. Às vezes, berrava um pouco, ofegava, gritava e mandava nos velhos: "Bebe o meu leitinho, me mete o dedo, mete inteiro. Você sim é que é o bom..., ai, velho veado, sem-vergonha, você é que é o bom, bebe mais leitinho". Rei achava demais para ser só teatro. E ficava ciumento feito um cachorro. Dava-lhe vontade de entrar lá dentro, pegar os dois pelo pescoço e arrebentar a cabeça deles na parede.

Um dia, encontrou com ela em frente a La Milagrosa, passando uma cantada no motorista de um camelo. Era um negrão muito preto e forte. Rei tomou cuidado. Esperou o camelo ir embora para chegar perto:

— Esse não era velho, sua puta.

— Ah, vai me vigiar agora, é?

— Esse não era velho.

— Mas era um negrão lindíssimo e esperto. E eu gosto dele.

— E daí? Você gosta de negro?

— E de mulatos que nem você, *papi*.

— E de branco, não?

— Não. Branco? Não. Desde menina me acostumei com os negros com as pirocas bem pretas, grandes e grossas... que nem você, *papi*, que tem um pau lindíssimo. É verdade, você é o Rei de Havana.

— Eu não sou negro, não confunda.

— Mas é um mulato muito bom e gosto muito de você, e é um baita de um louco.

— Olhe que já estou ficando de pau duro.

— Ai, é mesmo, que delícia... vamos pro Malecón. Faz tempo que não trepo no Malecón, em cima do muro.

Atravessaram o parque Maceo. Sentaram-se em cima do muro. Ela se recostou numa coluna e abriu as pernas. Estava com uma saia larga que chegava aos tornozelos. Rei se acomodou de frente, tirou para fora o bicho, que ficou duro assim que sentiu o cheiro da boceta fedida e ácida de Magda, e ali mesmo copularam freneticamente, dando mordidas no pescoço um do outro. Claro que automaticamente apareceram os voyeurs de sempre do parque Maceo. Desembainharam e tocaram suas punhetas feito loucos desfrutando o frenesi alheio. Magda gostava daquilo. Com o rabo dos olhos ficava olhando aqueles paus duros e despudorados que os rodeavam. Era uma desmiolada, louca, desde menina, desde sempre. Louca pelos punheteiros, a espiar com seus rostos serenos às vezes, assustados em outras ocasiões, ariscos, distantes, sempre mexendo no negócio.

Em nenhum momento ela soltou o cesto de cartuchos de amendoim. Gozaram muitas vezes, como sempre. Ela ficou meio adormecida, extenuada, mas continuando a pregoar, sem pausa: "Amendoim, leve amendoim, amendoinzinho pro nenê, vamos lá... Amendoim". Os punheteiros também acabaram, se sacudiram bem e se afastaram sem mostrar o rosto, andando de lado, feito caranguejos. Nenhum comprou amendoim.

Acenderam cigarros enquanto descansavam um instante:

— Escute, Rei, voltando ao assunto...
— Que assunto?
— Dos negros.
— Ahh.
— Eu tenho um filho de cinco anos... com um negro... Ivancito... saiu preto feito um corvo, igual ao pai, de mim não puxou nada.
— E onde ele está?
— No interior, com uma irmã minha.
— E daí?
— Eles disseram que eu estou louca e que o menino ia morrer de fome. E sei lá o que mais. Vieram e levaram ele.
— Faz tempo?
— Faz. Mais de um ano que não vejo. Está melhor lá.
— E você está louca mesmo?
— Estou, da cintura pra baixo. Louca pra meter com todos os paus de que gostar. Se você é o Rei de Havana, eu sou a Rainha, *papito*, a Rainha de Havana.

O negocinho de garrafas e copos de plástico era uma merda. Rei ficou dias perambulando por ali, sem saber o que fazer. Magda o sustentava. Rum, maconha, cigarro, muito sexo, uns pesos todo dia. Rei estava magro, com o esqueleto coberto só de pele, igual a Magda. Ela gostava de sustentá-lo.

— Gosto, *papi*. Gosto de ser sua puta e de dar dinheiro para você... Ai, se eu pudesse fazer a vida, descolar uns dólares e sustentar você feito um rei de verdade. Até uma correntinha de ouro eu comprava pra você.

— Ah, pare de sonhar.
— Por quê?
— Porque você está suja demais e magra demais e muito estragada por todos esses velhos fedidos.
— Qual é? Qual é? Vá ofender a puta da sua mãe.
— Qual é, minha mãe está morta!
— Ai, desculpe!
— É, morta de rir cagando na xota da sua.
— Hahaha.

Magdalena às vezes sumia uma noite inteira. Sempre voltava a seu cubículo, mas isso desagradava Rei. Nessas ocasiões, passava a noite em claro: sem dinheiro, sem comida, sem rum nem maconha. Nada. Não podia nem entrar no quarto e dormia num patamar da escada, com as baratas e os filhotes de rato passando em cima dele. A calça velha que Fredesbinda lhe dera estava rasgada e imunda. Apareciam-lhe o saco e a bunda por um rasgo do tecido entre as pernas. Uma noite, caído na escada, na esperança de que Magda chegasse de madrugada, acabou dormindo feito uma pedra. No sonho, sentiu que uma mão delicada o masturbava. Estava com uma grande ereção e alguém o masturbava através do buraco entre as pernas da calça. Não, não era sonho. Estava acordando. Abriu um pouco os olhos e viu que era verdade. Nada de sonho, mesmo sabendo que a vida é sonho. Despertou inteiramente, esfregou os olhos. Apesar do escuro, reconheceu um veado que morava no quarto ao lado, a masturbá-lo, sorrindo. Fez um gesto brusco para afastar o sujeito, que, delicado, retirou-se pedindo desculpas:

— Desculpe, mas não resisti à tentação. Você estava com ele duro, esperando uma carícia...

— Que carícia o caralho, cara!

Rei se pôs de pé num salto. Como um tigre. Magro, mas tigre. Deu uns pescoções no veado, que se pôs a gritar, pedindo socorro:

— Ai, ai, ai, seu animal, não me bata mais! Por que não vai bater num homem que nem você?

Rei o pegou pelo pescoço e ia jogá-lo escada abaixo quando viu que estava vestido de mulher. Com um rosto lindíssimo e peruca loira. E se conteve. Olharam-se de frente. Era linda. Uma mulher limpa, com pele delicada, perfumada. De saia curta. Ficaram em silêncio se olhando. O travesti massageando os golpes.

— Ai, puta que pariu, você acabou comigo!

— Eu sou homem, porra! Quem mandou bater punheta em mim?

— Ai, menino, também não é para tanto... estava aí, se oferecendo, ereto no meio da escada. A carne é fraca.

— Mas eu sou homem, não me enche o saco.

— Ai, sei, todos nós somos homens... infelizmente... que saco.

— Infelizmente o caralho. Eu gosto de ser homem.

— Ah, não enche, não enche, que aqui quem não canta o hino pelo menos sabe a letra. Venha comigo...

— Pra onde?

— Venha e não pergunte. O que você está fazendo aí abandonado? Essa puta deixa você jogado na merda. Venha cá.

Receoso, desconfiado daquele veado pra lá de veado, Rei obedeceu e foi atrás. Era melhor do que continuar ali na escada. E o mais provável era que Magda não voltasse.

Quando Rei entrou no quarto ficou assombrado. Tinha de tudo ali dentro! Desde luz elétrica até televisão, geladeira, cortinas de renda, uma cama de casal com bichos de pelúcia em cima, uma penteadeira coberta de potes de creme e perfume. Tudo limpo, imaculado, sem um grão de poeira, as paredes pintadas de branco, enfeitadas com grandes pôsteres coloridos de belíssimas mulheres nuas. Num canto, um altar dominado por um crucifixo e a tríade inevitável em Cuba: são Lázaro, a Virgen de la Caridad del Cobre e santa Bárbara. E flores, muitas flores. Bonequinhos de plástico e de vidro por todo lado. Pequenos budas, elefantes, chinesinhas, bailarinas de mambo, índios de gesso. Tudo misturado. O kitsch elevado à sua máxima expressão.

O veado acendeu uma vareta de incenso. Pegou um punhado de alfavaca e de outras ervas, foi até o canto onde mantinha um pequeno baú. Tocou a madeira, beijou os guerreiros, despejou as ervas, regou tudo com perfume e com um copo de cachaça, tocou um sininho. E voltou a atender seu convidado.

Rei olhou bem para ele, agora na luz. Tinha batido duro. Estava com umas duas manchas roxas no rosto. E era lindo. Ou linda? Era muito bonito, na verdade. Parecia uma mulher belíssima, mas ao mesmo tempo parecia um homem belíssimo. Rei nunca tinha visto nada igual. Pelo menos de perto, com tantos detalhes. Estava sentado com seus andrajos na única poltrona que havia no quarto. Não sabia o que dizer.

— Está fascinado?
— Ahn?
— Você está fascinado? Por mim?
— O que é fascinado?
— Nada, nada... Quer comer alguma coisa?
— Quero.
— Por que não toma um banho antes?
— Banho? Mas aqui não tem água. De onde é que você tira a energia elétrica e tudo?
— Ai, rapaz, não fique investigando... acabou de me conhecer e já está investigando tudo... para me controlar... rapaz, você como marido deve ser terrível.
— Qual é, qual é, está pensando o quê? Que marido, porra?
— Eu me chamo Sandra. Aprenda. San-dra. San-dra. E não fale assim comigo que não gosto de vulgaridade. Não gosto também que me tratem mal. Eu sou assim, que nem uma princesa.
— Ah, pois eu, me chamam de Rei de Havana.
— Isso você vai ter de provar. É um título de nobreza... vai ter que provar.
— A Magda diz a mesma coisa.
— Ai, rapaaaz, não me fale mais dessa mulher, briguenta, fedida, puta, morta de fome, intrigante e fofoqueira. Olhe o que ela está fazendo com você... um lixo. E você aguentando. Porque quer, porque no fim das contas...

— No fim das contas o quê?

— No fim das contas o que ela tem que eu não tenho? Diga aí, diga. Eu pelo menos tomo banho todo dia e quando tenho homem cuido dele como se fosse príncipe. Não deixo faltar nada. Nada. Eu, sim, cuido dos meus homens.

Sandra aproveitou para erguer o corpo e arranjar os pequenos seios. Tinha orgulho deles. Eram pequenos, mas originais. Nada de silicone. Tinha conseguido os peitinhos com Medrone, um comprimido anticoncepcional e regulador da menstruação, à base de hormônios femininos.

Rei observou os peitos de Sandra e pensou que eram bonitos, mas mordeu a língua. Sandra percebeu o olhar de Rei:

— Está vendo que não me falta nada. Na-da. E pelo menos sou mais divertida que essa mulher. Ela devia se chamar Angústia.

— Qual é, não fale mal de Magda. Deixe ela em paz.

— E você ainda defende, seu tonto lindo. Vai tomar um banho e tira essa roupa para jogar fora. Ai, rapaz, a gente pode ser pobre, mas não indigente.

Rei não respondeu. Doeu ouvir aquele "indigente", mas logo pensou que não passava de um indigente desde que nasceu. "Essa Sandra é uma cobra venenosa. Os veados do reformatório eram crianças de colo perto dela", pensou.

Num canto do quarto havia um ralo de água no chão. Devia ter sido um lavabo. Ainda restava a marca. Tomou um banho. Sandra lhe estendeu uma toalha e lhe deu de presente uma bermuda e uma camiseta. Depois, preparou uma *tortilla* com pão e refresco frio. Sandra ficou olhando para ele com desfaçatez:

— Nem pense que vai deitar na minha cama, porque deve estar cheio de piolhos e chatos.

— Qual é, que caralho de piolho que nada!

— Tá, tá. Já disse que odeio vulgaridade... Ai, não consigo encontrar um homem fino, elegante, cavalheiro, que me dê flores de presente. Não. São todos iguais, grossos, porcos, de boca suja.

— Larga de frescura...

— Tá bom. Você dorme no chão, amanhã eu examino a sua cabeça e o resto porque também não quero ninguém com chato aqui.

Rei ficou quieto. Era melhor não protestar. Sandra lhe deu uma almofada e ele dormiu no chão. Tranquilamente. De manhã, quando acordou, Sandra já havia preparado o café. Abriu uma janela e a luz entrou, deslumbrante. Estava diferente. Vestia agora short justo, que deixava à mostra um pedacinho das nádegas. Em cima, um bustiezinho mínimo, de algodão, escondendo os peitos. Era um mulato muito claro, com uma suave cor de canela e pele linda. Magro, com uma bundinha compacta, insinuante, o cabelo curto e preto, um belo perfil de lábios carnudos, pernas e braços compridos e finos. Tudo era flexibilidade e delicadeza, com uma atmosfera de suavidade feminina sedutora. Assim que ele abriu os olhos, deu-lhe o café:

— Não devia ter feito isso com você... coitadinho.

— Isso o quê?

— Você dormir no chão.

— Ahh. Estou acostumado.

— Tome o café.

Sandra foi até a janela, fumando delicadamente, admirando a beleza devastada do bairro de Jesús María: os edifícios de apenas dois ou três andares, muito antigos e em ruínas. Os pátios enormes, com grandes árvores: paineiras, mangueiras, mamoeiros. O leve ruído do bairro, sem nenhum trânsito. A luz intensa da manhã. O calor e a umidade abrasadores desde cedo. A sensualidade dos odores. Sandra foi até o rádio e colocou música. Sentia-se bem:

— Ahhhh, que perfeito: ter um homem em casa. O que é que você faz, Reinaldinho?

— Nada.

— Magda sustenta você?

— Não.

— Mas lhe dá dinheiro, já que você não morreu de fome, pelo que vejo.

— Ah, é.

— Venha cá. Chegue perto da janela, que tem mais luz.

Sandra pegou sua cabeça. Colocou sua testa entre os peitos miúdos e começou a catar piolhos. Rei protestou debilmente:

— Eu não tenho piolho.

— Isso nós vamos ver, e depois vou examinar pra ver se tem chato.

— Qual é, qual é, ei...

Rei sentiu a pressão daqueles peitos. E gostou. Sandra tinha um cheiro diferente. Uma suave fragrância de limpeza. Magda sempre cheirava a sujeira. Teve uma ereção, que se manteve imperturbável. Minutos depois, Sandra o afastou de si:

— Não tem piolho mesmo, que estranho! Agora vamos ver os chatos, porque... Ai, menino, que susto! O que é isso! Você está sempre de pau duro e depois fica ofendido se a gente olha... Ai, não entendo os homens. Nunca entenderei.

Rei tentou esconder o pau duro, prendendo-o entre as pernas, mas já era tarde demais. Sandra já havia descoberto, com grande estardalhaço, como tudo o que fazia.

— Vá, vá, me deixe em paz.

— Não vou deixar em paz porque eu estou muito limpa e me cuido muito. Assim que tem de ser. Nada de chato.

E baixou seu short. Aquele bicho ereto e potente ficou ainda mais duro. Sandra tentou procurar os chatos entre os pelos púbicos, mas não aguentou a tentação:

— Ai, Rei, eu não aguento!

E meteu na boca. Rei ia empurrá-la, mas é sabido que a carne é intensamente fraca e pecadora. E deixou que ela fizesse. Sandra, ajoelhada na sua frente, tirou o bustiezinho e mostrou os peitos lindos, perfeitos, firmes. Rei tocou os bicos, que ficaram duros. Sandra parou um pouco o que estava fazendo. Subiu até ele. Beijou-o. Ah, sim. Era uma sem-vergonha. Que boca, que beijo, com língua e tudo! Sandra voltou a seus afazeres lá embaixo, enquanto tirava o short e ficava nua. Rei já estava no ponto. Sandra se virou de costas. Tinha um belíssimo cu, anelante. Ela mesma dirigiu a operação. E foi penetrada e gozada. Rei acabou, mas ela queria mais. Era gulosa, e não lhe deu tempo de fraquejar. Começou a beijá-lo e masturbá-lo de novo. Rei continuou ereto. Ela pegou um pano úmido. Limpou um pouco o bicho e enfiou na boca.

— Não tenha pressa, *papito*, não tenha pressa. Goze em mim.

Mas Rei não conseguiu resistir muito. Em poucos minutos teve um orgasmo. Repetiram uma terceira vez. Rei estava gostando de verdade. Estava desfrutando. Sandra era perita, se mexendo, provocando. Na terceira vez, Rei notou que ela também tinha um bom bicho ereto entre as pernas. Quase tão grande quanto o dele. Mas ele era homem e não gostava daquilo! E desviou os olhos. Sandra se masturbou suavemente. E acabaram juntos, suspirando, se beijando. Rei fez que não percebeu o orgasmo de Sandra. Fingiu que não viu nada. Vestiu-se para ir embora.

— Ai, menino, que pressa é essa? Aonde é que você vai? Gozou, já vai embora, feito um animal, ai, os homens são todos iguais... por isso gosto tanto deles... hahaha.

Rei riu da piada. Era divertida aquela bicha... Sandra... era divertida.

— Olhe, Rei, não sei por quê, mas... quero ajudar você. Eu sou assim, você me pegou de lua.

Tirou de um esconderijo cinco maços de cigarro de primeira qualidade:

— Pegue. Isto aqui dá para vender a sete pesos cada um. Em dólar é mais caro. Não precisa me dar nada. E não se perca, *papito*, que você é capaz disso e de muito mais.

— Vai estar aqui de noite?

— Não, meu amor, de noite estou trabalhando. Se não trabalho, morro de fome. Eu não tenho ninguém que me sustente... ai, se aparecesse um milionário na minha vida, como nas novelas. Um sujeito de cabelo grisalho, alto, elegante, com um castelo no coração da Europa, e me transformasse em Lady Di-Sandra. Com iates e joias e champanhe. E o milionário arrebatado por minha causa. E eu arrebatada com o milionário, dando a volta ao mundo... ahh...

— Ah, você está louca.

— Sempre fui louca. Louca de pedra. Desde que nasci.

— É, percebi. Estou indo.

— Venha durante o dia, sou sua. Pelo menos até aparecer o milionário eu sou sua. Mas sempre de dia, porque de noite sou uma ave, uma mariposa da noite, uma flor murcha, uma mercenária do amor...

— O que você está falando, o que é isso?

— Nada, nada, Reizinho, Rei meu, Recontrarrei, Rei louco, pauzudo, me deixou de um jeito... ai, se trepar assim comigo de novo, fico apaixonada por você para sempre, para todo o sempre, louco...

— Tá, tá. Não seja meloso.

— Melosa.

— Melosa.

Beijaram-se na boca. Rei gostou. Não gostou. Gostou. Foi embora com os cigarros.

Rei saiu andando sem pressa por Reina, Carlos Tercero, Zapata. Quando chegou à porta do cemitério de Colón ainda sobravam dois maços. Parou um pouco. Entraram vários enterros. Com poucos acompanhantes. As pessoas cada dia vão menos aos funerais. É normal, a vida é mais interessante que a morte. Tudo já é bem fodido para acrescentar ainda mais lágrimas. Rei nunca havia entrado num cemitério. Nem imaginava o que acontecia lá dentro. Ofereceu a todos seus maços de cigarro. Vendeu tudo. Já estava indo embora quando se aproximou dele um velho muito feio, pequeno e um pouco retorcido, como se tivesse a coluna quebrada. Com um rosto furibundo, gritou para ele:

— Ei, rapaz, ainda tem cigarro?

— Não. Acabou.

— Ah, porra.

— O senhor trabalha aqui?

— Trabalho.

— Posso ir buscar e trago para o senhor.

— Vá até La Pelota. Eu vou estar trabalhando ali... onde você enxergar um bando de gente num enterro, é ali mesmo que eu estou.

Minutos depois, Rei voltava com os cigarros. O velho e o outro estavam baixando um ataúde para o fundo de uma sepultura. O velho parecia ainda mais amargo. Cinco pessoas assistiam à operação. Sem lágrimas. Quando o caixão chegou ao fundo, as pessoas foram embora. Estavam com pressa. Uma delas colocou uma nota na mão do velho, agradeceu e correu para alcançar os outros. Mais um morto estava esperando ali perto, na rua estreita, a uns cinquenta metros. Também acompanhado por umas quatro ou cinco pessoas. Os coveiros trabalhavam rápida e habilmente. Enfiavam três ataúdes em cada sepultura, colocavam uma pesada tampa de cimento. Abriam a tumba seguinte. Três mortos por cova. Pôr a tampa. Abrir a outra. Mais três para baixo. O dia inteiro assim. Às vezes, entre um enterro e outro tinham dez ou quinze minutos. E eram só dois. Rei ficou observando tudo aquilo depois de entregar os cigarros e cobrar, inclusive, uma pequena gorjeta.

— Quer trabalhar aqui? — perguntou o velho.
— Não, não.
— Por que não?
Ele não respondeu. Só fez um gesto de "tanto faz".
— Quer ou não quer?
— Bom... Quanto paga?
— Isso é comigo. Depende da gorjeta que dão. Posso dar dez ou vinte pesos por dia.
— Tudo bem.
— Bote esse gorro e vamos logo, que continuam chegando. Ao meio-dia dá uma parada. De tarde começa de novo, até as seis, mais ou menos.

Rei passou o dia inteiro baixando mortos às covas. Na pausa do meio-dia comeram um pouco e fumaram um cigarro. Nenhum dos três falou nada. Cada um na sua. Rei disse apenas:

— Deviam queimar os mortos. Pronto. Tanto morto... Eu queimava.
— Em outros países incineram quem pede — disse o velho.
— É mesmo? O senhor sabe?
— Vinte e um anos aqui. De segunda a domingo. Sem descansar nem um dia.
— Porra! Nem um dia de descanso?
— Nada.
— Bom, deve gostar dos mortos... Se sente bem.
— Não, não. Me sinto mal. Só fui feliz no dia em que me casei. Dois dias depois, minha mulher foi embora. E pronto. Nunca na minha vida tive outro dia feliz.

O outro sujeito nem levantou os olhos do chão. Logo depois, continuaram enterrando mortos. Às seis, acabaram-se os mortos.

— Podem ir já.

— Mas ainda tem que selar as tampas com cimento e areia. E são muitas — disse Rei.

— Eu cuido disso. Fora. Amanhã aqui, às oito — disse o velho, estendendo uma nota de vinte pesos para cada um.

Saíram juntos. Os dois com a mesma ideia:

— Vamos tomar um rum?

— Vamos até La Pelota.

A essa hora outros vagabundos circulavam por ali. Depois chegaram duas mulherzinhas tão sujas, feias, alcoolizadas e andrajosas quanto eles. Aceitaram uns tragos. Beberam juntos. As mulherzinhas eram alegres e bebiam pesado. Em duas horas estavam os quatro bêbados. Não demais, só alegres. Já tinham esquentado se tocando. E foram trepar. Atrás do cemitério há uma rua muito escura e poucas casas e árvores. O sujeito pegou uma das mulherzinhas, encostou-a numa árvore e trepou com ela. Ela ria e ele resfolegava. Rei fez a mesma coisa. Nada especial. Na verdade, foi uma merda. Rei nem ficou de pau muito duro. Acabaram. Cada mulherzinha recebeu uns pesos e as duas foram embora, rindo. Restava ainda um pouco de rum na garrafa. Beberam mais um pouco, sentados na terra, recostados na árvore, no escuro. O sujeito é que teve a ideia:

— Olhe, vamos pular o muro e procurar o velho.

— Já é quase meia-noite. Esse velho ressentido deve estar dormindo.

— Eu acho que...

— O que você acha?

— Faz uma semana que estou de ajudante... esse velho está aprontando alguma e está me deixando de fora. Tem algum negócio aí.

— Que negócio pode ter num cemitério? O que é que dá para fazer? Vender morto?

— Não, não. Eu sei o que estou dizendo. Toda tarde é a mesma coisa. Ele fica sozinho e não quer que ajude a cimentar as covas.

Pularam o muro. Andaram um bom trecho entre as sepulturas e se aproximaram da zona dos mortos recentes. O velho ainda estava lá. Iluminado com uma lanterna. Era uma luz pequena. Aproximaram-se com cuidado e começaram a observar. O velho estava abrindo os ataúdes. Tirava a roupa dos mortos. Revistava as bocas. Se tinham ouro nos dentes, ele arrancava com um alicate. Tinha ao lado um saco onde guardava a roupa, os sapatos. Alguns eram enterrados de terno e gravata. Rei observou detidamente aqueles mortos pálidos. E o velho a desnudá-los, um a um. Sem pressa. Depois de ficar ali um pouco, o sujeito se levantou de repente e foi para cima do velho, xingando.

— Então, velho sem-vergonha, e eu? Me deixou de fora do negócio.

O velho ficou surpreso, sem saber o que fazer. Na penumbra, estava despindo um daqueles lívidos cadáveres. Logo reagiu. Estava com uma pá na mão.

— Vem, vem.

Avançou para cima do outro, com a pá levantada e aquela expressão de filho da puta furibundo. Rei não queria ver mais mortes. Que se danassem. Ia se retirar, mas, ainda meio bêbado, algo o reteve em seu esconderijo. Queria ver.

O velho acertou uma boa pazada na cabeça do outro. E jogou-o no chão. Não perdeu tempo. Bateu mais, com o canto da pá. Sempre na cabeça. Até espatifar-lhe o crânio. Era um velho retorcido e pequeno, mas forte. Uma pasta de sangue e massa encefálica se derramou no chão. O velho pegou o cadáver. Fez um esforço e o carregou como um saco, em cima dos ombros. Atirou-o na sepultura aberta. Para o fundo. Com as mãos enormes pegou a pasta viscosa e também atirou no fundo da cova. Apagou com o pé as manchas de sangue que ficaram na terra. Fez a mesma coisa com a pá. Pronto. Ali não aconteceu nada. Continuou ocupado com aquele cadáver que esperava tranquilamente para ser despojado das calças, dos sapatos, das meias.

Com muito cuidado, Rei se afastou sem fazer barulho, pensando que era preciso tomar cuidado com aquele velho. "Esse, sim, é um sujeito durão… uhmmm… durão mesmo, o velho."

Regressou lentamente. Não tinha pressa. Gostava de andar de madrugada, de vagabundear sem rumo. Era melhor esquecer o cemitério. Além disso, era trabalho demais por vinte pesos. Chegou muito cedo ao edifício. Subiu a escada. Bateu na porta de Magda. Ela abriu, sonolenta.

— Ah, até que enfim você apareceu.

— O mesmo digo eu.

Magda se atirou na enxerga de novo. E ele ao lado dela. Dormiram no mesmo instante. Quando acordaram passava do meio-dia. Como sempre, ele acordou com uma ereção fenomenal. Magda estendeu a mão. Apalpou, ainda meio adormecida. Apertou. Ele pôs a mão no sexo dela. E sem abrir os olhos se acariciaram. Ele chegou mais perto. Essa era Magda. Com cheiro de sujeira, igual a ele. Lambeu seu pescoço. Cheirou suas axilas fétidas. Isso o excitava muito. Subiu em cima dela, penetrou-a, e se sentiu muito bem. Realmente bem. Seria amor? Não se lembrou da bebadinha da noite anterior. Nem de Sandra. Treparam com profundidade, quer dizer, sentindo o que faziam. Depois do primeiro orgasmo, continuaram, ficaram um pouco mais frenéticos. Ah, que bom.

— Gosta de mim, *titi*?

— Gosto, *papito*, como gosto... como me sinto bem com você.

Os dois corpos unidos se comunicavam aos sussurros, com pequenas frases de amor. Se acariciavam, se desejavam com cada pedacinho dos sentidos. Depois, quando esfriava a sensualidade, dava pena sentir tanto amor. A sutileza do amor é um luxo. Desfrutá-lo é um excesso impróprio dos estoicos.

Levantaram-se da enxerga às três da tarde. Magda lhe ofereceu rum. Restava um pouco numa garrafa.

— Não. Estou com fome.

— Nem comida, nem café, nem cigarro. Não tem nada. Rum e mais nada.

— Você é um desastre.

— Você é mais desastre que eu, Rei. Se eu não arrumo grana, a gente morre de fome.

— Bom, vá, se manda. Arrume algum.

— Espere um pouco, *chino*, tenho um dinheirinho aqui.

— Dos velhos?

— De qualquer coisa, neném. Não comece com essa encheção. Já disse cinquenta vezes que os velhos dão mais dinheiro que o amendoim. Vamos pra rua, procurar alguma coisa pra comer.

— Não. Eu fico. Você traz. E não demore.

— Você é o maior mimado do mundo. Rei de Havana não. O Mimado de Havana!

Magda saiu. Rei se esticou na enxerga outra vez. E dormiu. Quando acordou não tinha nada. Nem Magda nem comida. Foi até a caixa de trapos. Restava um pouco de maconha. Estava escurecendo. Boa hora para enrolar um baseado e mandar ver gostoso. Mas não encontrou nem um pedacinho de papel no quarto. Nada. Foi até o quarto de Sandra. Ela ficou alegre quando o viu:

— Apareceu de novo? Menos mal. Achei que tinha mordido a maçã da bruxa da Branca de Neve.

— Do que você está falando, rapaz? Quem é Branca de Neve? Nunca entendo o que você diz.

— Porque é ignorante. Não dá para conversar com você. Bom, é essa rusticidade. Você é um rústico, um animal. Seu negócio é meter o ferro, soltar a porra e não falar nada... menino... Quando vai deixar de ser tão brutal?

— Nunca. Macho é assim. E a gente não fala tanta merda como você. Em boca fechada não entra mosca.

— Você não tem jeito... sofre de machismo brutal agudo, e vai morrer dessa doença.

Nisso, chegou Yamilé. Uma puta preciosa, de dezoito anos, com um vestido preto longo e plataformas brancas de dez centímetros de altura. Parecia uma modelo delicada, elegante, encantadora. Mas quando abria a boca era um esgoto pestilento. E não se continha. Em lugar nenhum. Chegou aturdida, maluquinha como sempre.

— O que está acontecendo aqui? Não combinamos que às oito você ia estar pronta, puta de merda?

— Ai, Yamilé, larga de ser bocuda. Olhe, quero lhe apresentar um amigo.

Yamilé olhou para ele com desdém. De longe se via que era um morto de fome. E fez uma careta à guisa de saudação.

— Uhmmm.

— Menina, cumprimente direito, não seja mal-educada. Eu ensino, ensino, mas você não aprende a se comportar em sociedade... Este é o meu marido.

— Esse fedido? Quantas vezes eu já lhe disse que você anda pra trás, feito caranguejo?

Rei só olhou para ela. Não respondeu. Sandra começou a cantarolar "El Pichi" e foi tomar banho num canto do quarto.

— Rei, fiz uma frigideira de *tamal*. Se sirva você mesmo, meu santo, porque eu tenho de correr, senão as putas me mandam embora.

— Ah, você agora está de cozinheira do maridinho? Ai, coitada... Sandra, já estou vendo você prenhe, com quatro filhos, enfiada em casa, esfregando e limpando merda, e esse gorila amassando você, hahaha.

— Ai, Yamilé, bem que eu queria. Se Deus fosse melhor comigo e me deixasse parir para o meu marido... ai... que lindo... eu de mãe, de dona de casa, com alguém para cuidar de mim.

— A vida é assim, Sandra. Deus dá barba para quem não tem queixo. Eu tenho um anticoncepcional amarrado lá dentro desde os treze anos. E mesmo assim me engravidaram três vezes. E esses três abortos foram... pior que parir.

— Ai, Yamilé, se eu fosse você, já tinha tido filho... um filho é sempre...

— Ah, sai dessa, Sandra, ter filho pra quê? Aqui? Pra sofrer e passar fome os dois? Não, pra mim eu passando fome já dá e sobra. Se algum dia tiver filho vai ter de ser de um homem muito especial, e fora de Cuba.

Rei nem ouvia aquela lenga-lenga. Serviu-se de dois pratos de ensopado. Engoliu a comida. Se Yamilé resolvesse comer, já seria tarde demais. Ah, barriga cheia, coração contente. Sandra, de calcinhas e com os peitinhos nus, começou a se maquiar. Primeiro, raspou bem o rosto, as axilas, as pernas. Cremes hidratantes, bases, pós, pintura de lábios, peruca loira, sombra nos olhos, cílios postiços, unhas postiças. Levou mais de uma hora. Aquele mulato bonito, andrógino, belo, foi se transformando lentamente numa mulata especialmente atraente, com um forte magnetismo sexual. Rei se limitou a olhar, sem falar. Gostava dela. Pegou um cigarro Popular que Yamilé lhe deu, abriu, jogou fora o tabaco, enfiou a erva, enrolou e acendeu. Quando Yamilé sentiu o cheiro, disse:

— Esse é do forte. Você não perde tempo.

Rei ofereceu, mas ela recusou.

— Isso é pra brincar de dia. O nosso da noite é pra valer.

Tirou um papelote de cocaína. Esquentou um prato, preparou, fez quatro carreiras. Tirou uma nota nova de dez dólares, enrolou feito um tubinho. Aspirou uma carreira com cada narina. Sandra fez a mesma coisa com as dela e... ahh, maravilha... em dois minutos se transformaram nas vedetes mais alegres de Havana. A euforia. Rindo às gargalhadas, interpretaram para Rei uma pequena coreografia, com gritinhos luxuriosos e cancã, em estilo Moulin Rouge, terminando por se apresentar:

— Com vocês, *ladies and gentlemen*... diretamente do Caribe, de Havana... As meninas da pimenta!

"Pimenta pura e moída!

"Pimenta quente, cheia de sol!

"As *pepper girls*!"

Yamilé começou um striptease muito insinuante, mas só levantou a saia e abaixou um pouco a calcinha até mostrar os pentelhos. Sandra voltou a retocar a maquiagem. Rei ficou pirado: "Uma mulher é uma mulher. Seja como for. Essa sim dá para comer vinte e quatro horas sem parar", pensou, e teve uma ereção genial. Massageou um pouco o pau. A erva estava fazendo efeito. Estavam todos se sentindo bem. Tirou sua grande piroca e começou a se masturbar na frente de Yamilé.

— Sandra, olhe o que esse selvagem está fazendo, hahaha! Tremenda piroca! Você está sempre bem servida, Sandrinha, nada de minipau pra você, hahaha.

— Yamilé, pare de putaria com meu marido, que ele não é de avacalhação.

Rei ficou na frente de Yamilé, se masturbando. Sabia que aquele cacete era hipnótico. Estava com os olhos apertados, pirado, de barato.

— Deixa ver você inteira, *chinita*. Deixa ver.

— Não, não. Já chega. Você está muito porco.

— É, mas com um tremendo pauzão.

— Ah, se fosse só isso... Pau igual ao seu tem de monte por aí e maiores também... Além disso, não gosto de pau assim porque me dá inflamação pélvica. Você que fique com a Sandra.

Sandra já tinha terminado os retoques e estava se divertindo:

— Yamilé, não seja ruim. Foi você que provocou, coitadinho... Venha, *papi*, tome. Pegue o que é seu.

E lhe apresentou as nádegas. Rei ficou furioso com aquela brincadeira. Agarrou Sandra, deu-lhe uns tapas na cara:

— Me dê o cu, porra, que eu estou muito louco.

Sandra baixou o short e a calcinha rapidamente e quase chorando:

— Ai, seu animal, grosso... é sempre a mesma coisa, você faz de mim o que bem entende... Ai, sem-vergonha, assim não, está doendo. A seco não. Bota cuspe, ai, *papi*, bota mais cuspe... assim, mas não cuspa no chão, vai que você já está quase... é para isso que eu estou aqui, *titi*.

Yamilé só olhando, rindo, da janela. Quando acabaram, ela também estava com tesão, molhada, soltando uma gosminha diante daquele espetáculo, e disse para Rei:

— Se você tomar banho, lhe dou a boceta. Assim, fedido, nem chegue perto.

Sandra então deu um pulo:

— Nada disso! Esse pau é meu! E não reparto com ninguém. Pronto, Rei. Acabou. Vamos, Yamilé, que eu estou pronta.

Rei tinha ficado satisfeito. E não insistiu. Sandra estava de short preto justo e minúsculo, com uma blusa branca, bordada. Tudo de cetim brilhante. Sapatos de couro natural e plataforma alta. Peruca platinada com reflexos dourados, e a boca carnuda, deliciosa, ressaltada com a pintura escura metalizada. Era uma madame do amor completa. Yamilé, muito mais simples, com um vestido preto comprido. Uma jovenzinha decente e encantadora, morena, com o cabelo comprido solto até os ombros, sem joias, com pouca maquiagem, muito natural e deliciosa. Parecia uma inocente jovenzinha do cursinho pré-vestibular procurando um noivo decente, para casar vestida de branco numa igreja católica de bairro. Sandra enfiou três dólares na mão de Rei e disse em seu ouvido:

— Cada dia gosto mais de você. Acho que amanhã vou lhe propor um negócio. Não suma. Eu sou filha de Oxum e comigo você vai longe.

E foram embora. Rei ficou sentado na escada tranquilamente, com os três dólares na mão.

Quando Magda chegou, ele havia dormido na escada. Era de madrugada. Ela vinha com uma pizza na mão. Acordou-o. Quase não se falaram. Ele comeu a pizza. Se atiraram no colchonete e dormiram profundamente. Aparentemente, Magda também tinha tido seus atropelos e estava tão esgotada quanto Rei.

Assim se passaram vários dias. Magda vendendo amendoim. Às vezes, se perdia por aí com uns velhos libidinosos e reaparecia depois. Sandra também sumia. Rei passava os dias sem fazer nada. Sentado na esquina. Esperando cair alguma coisa do céu. Claro que não caía nada. Estava incomodado. Gostava de se mexer. Estava preso na teia tecida por Sandra e Magda. Pensou em dar uma volta atrás do porto. Ficar lá no seu contêiner. Mudar de ambiente. Enquanto pensava nisso tudo, um carro parou na frente dele. O chofer disse que lhe dava dez pesos por uma boa lavagem. Estava coberto de poeira. Rei lavou o carro em meia hora e deixou-o resplandecente. Ficou por ali com a lata de água e o trapo, oferecendo seus serviços. Perdeu dois dias nisso. Ninguém queria pagar para ele lavar o carro. As pessoas economizavam dinheiro e lavavam elas mesmas.

Magda e ele cada dia trepavam melhor. Com mais carinho, talvez, ou mais amor. Se gostavam. Amor e luxúria na enxerga. Indiferença e distância quando estavam vestidos. Os dois se cuidavam. Nada de se entregar demais. Às vezes, se desprezavam, mas os dois sabiam que era da boca para fora.

Uma manhã, Rei saiu andando para o seu antigo bairro, em San Lázaro. O que teria acontecido com Fredesbinda? Fazia tempo que tinha se perdido por aí. Estava tudo igual. Fredesbinda abriu a porta. Estava com a expressão angustiada:

— Ah, Rei, pensei que tinha morrido. Foi embora sem dizer nem adeus.

Rei atravessou a cobertura até o quarto de Frede e nem se lembrou de que passara a infância na cobertura ao lado. Nem olhou daquele lado. Tinha apagado tudo. No quarto, estava a filha de Fredesbinda. Aquela putinha tão linda, com a qual se masturbavam ele e o irmão. Estava imaculada, belíssima, bem-vestida no meio daquela sujeira e fedor permanente de merda de galinha. Usava óculos escuros e estava escutando música. Quando ele entrou, não virou o rosto para olhar.

— Tatiana, cumprimente o rapaz. É o Reinaldinho aí do lado. Não lembra?

A menina estendeu uma mão no ar e ficou esperando que fosse apertada. Com um sorriso suave, Rei apertou a mão:

— Bom dia.

— Tatiana, não lembra dele? Do acidente aquele dia... a polícia levou ele embora... Não lembra?

— Lembro, sim, como não.

Tatiana continuou olhando o vazio. Rei entendeu que estava acontecendo alguma coisa. Perguntou com um gesto a Fredesbinda, que lhe indicou que Tatiana não enxergava. Saíram de novo para a cobertura para conversar sem que a menina escutasse. Fredesbinda estava chorando:

— Ai, Rei, por Nossa Senhora. É um castigo de Deus.

— O que aconteceu com ela?

— Voltou cega. Com os olhos vazios.

Fredesbinda se afogou em pranto.

— Calma, Frede. O que aconteceu?

— Ah, vão me pagar... vou armar um escarcéu... nem que tenha de pagar com a vida, desgraçaram minha filha.

— Frede, calma, eu não estou entendendo o que aconteceu.

— Ai, Rei, por Deus...

E mais choro e mais lágrimas e suspiros afogados, para Tatiana não ouvir. Rei ficou em silêncio. Ia embora. Se ela não queria contar o que aconteceu, ia embora. Fez um gesto para ir embora. Fredesbinda agarrou-o pelo braço:

— Não vá embora, Rei... Ai, Rei, deixe eu desabafar. Não sei mais o que fazer.

Rei cruzou os braços, esperando. Depois de mais pranto e mais lágrimas, Fredesbinda se controlou um pouco:

— Fizeram ela assinar um papel e arrancaram seus olhos.

— Ela vendeu os olhos?

— Não. O papel dizia que ela doava os olhos para a filha desse homem. O papel estava em outra língua e ela não sabia o que estava assinando... ai, que desgraçado. E parecia uma pessoa decente, tão educado, tão fino.

— Cadê o papel? Vá na polícia.

— Ela está com o documento aí, mas não dá para entender nada. Está em outra língua.

— Mas... ela parece que está tranquila.

— Chegou meio louca. Botaram ela num avião e devolveram. Ai, Rei, esse sujeito tem que pagar... era um sujeito endinheirado, por que fez isso? Deixou minha filhinha cega. Enganou minha filhinha.

— Tome um comprimido, Frede, você está nervosa.

— Eu consegui uns Diazepan, mas dou para ela porque está meio louca. Eu nem durmo, Rei. Desde que ela começou com essa história... de sair com estrangeiro, eu disse para tomar cuidado, mas nunca me escutou... Ai, a juventude, meu Deus.

Fredesbinda chorava desesperadamente. Aquietava-se um minuto e voltava tudo. Rei foi em silêncio até perto de Tatiana. Olhou bem para ela. Estava igual a antes. Belíssima. Se tivesse dinheiro e uma casa, juntava com ela e até casava de papel passado. Se pegasse o filho da puta que fez uma coisa dessas, arrancava os olhos dele a ponta de faca. Voltou para o lado de Fredesbinda:

— É verdade, Frede, gente que tem dinheiro é mais filha da puta que a gente.

Fredesbinda concordou com a cabeça. Rei não se despediu. Foi até a porta. Deixou a porta aberta para não fazer barulho e desceu a escada devagar.

Foi andando até o Malecón. Uns barris de cerveja a granel. Estavam preparando para o Carnaval. Comprou um pouco de cerveja barata. Tinha gosto de vinagre. Bebeu. Comprou mais. Bebeu. Gastou metade da grana. Ao entardecer começou a chegar mais gente. Acabou-se o dinheiro. Queria continuar bebendo. Em volta de um barril formou-se um grande grupo de gente para comprar cerveja. Não dava para todos. Nada dava. Queriam cerveja de qualquer jeito. Enfiou-se no meio deles. Estavam suados e cheiravam forte. Eram quase todos negros, musculosos, cheirando a suor, agressivos, se apertando uns contra os outros, emitindo com violência o seu bodum, de lenços vermelhos, colares de candomblé. Rei, metido naquele alvoroço, distribuía cotoveladas. Foi pisado. Apertado. Como numa batucada. Havia força e caráter. Músculos e suor e calor. Um cheiro acre. Os negros lutando por uma jarra de cerveja péssima, barata, avinagrada. Junto ao barril, numa vitrina próxima, puseram à venda uma bandeja de asas de galinha fritas. Só asas. Mais de cem negras se precipitaram a comprar aquilo. E quatro ou cinco brancas pelancudas. Na marra. Os homens na cerveja. As mulheres nas asas de frango. As mulheres, claro, gritavam mais que os homens. Uma negra gorda e forte agarrou outra pelos cabelos, e gritava com ela:

— Você não vai, não. Sai!

A outra insistiu em ficar. A negra gorda ficou mais violenta. Com a mão esquerda dominou-a pela nuca e com a direita lhe deu um soco forte na boca. Partiu-lhe os lábios e os dentes. Sangue. Ninguém se afastou. Todas queriam comprar asas de frango fritas. Fosse como fosse.

No meio da confusão, Rei colocou uma garrafa plástica na mão do atendente. Encheram, devolveram e disseram: dez pesos. Ele não tinha um centavo.

— Já paguei! — gritou para o sujeito, e se afastou. O sujeito gritou alguma coisa, mas os negros formavam uma massa compacta. Não conseguiu girar o corpo. Agachou-se um pouco e saiu meio de lado, depressa.

Por fim se viu livre daquela prisão humana, compacta e cheirando a suor, apressou-se e logo se afastou. Já era de noite. Tomou sua cerveja gole a gole. Já não tinha gosto de vinagre. É assim. O ser humano se acostuma com tudo. Se todos os dias nos derem uma colherada de merda, primeiro a gente reage, depois a gente mesmo pede ansiosamente a colherada de merda e faz de tudo para comer duas colheradas e não só uma. Ao longe dançavam uns blocos. O Alacrán. Os tambores ressoando, os apitos de Carnaval. Todo mundo rindo, na maior alegria. *Panem et circenses*, diziam os romanos. E se for molhado no álcool melhor ainda. Rei estava a ponto de sair dançando com os pares e as luzes coloridas, mas havia também policiais e barreiras de ferro e radiopatrulhas. Foi se aproximando, mas pensou que, sem dinheiro e sem carteira de identidade, era arriscado demais. Não. Ali não era lugar para ele. Bebeu o que restava de cerveja e se enfiou por uma rua na direção de Jesús María.

Quando chegou ao bairro, estava tudo escuro e silencioso. As pessoas deviam estar no Carnaval. Continuou andando até a estação da estrada de ferro. Gostava de vadiar por ali. Era zona de gente do campo. Chegavam com seus pacotes e às vezes se descuidavam. Agora não havia policiais à vista. Deviam estar patrulhando o Carnaval. O lugar tinha poucas luzes. Podia ficar esperando chegar um trem. Sentou-se num banco do parquinho junto à estação. Ainda estava meio alto. Cochilou um pouco, abrindo os olhos de vez em quando para ver se aparecia um trem. Foi adormecendo pouco a pouco. O sono o venceu.

Acordou com uns apitos. Um trem estava entrando na estação. Espreguiçou-se e ficou alerta. Deu uma andada pelo parque. Não havia policiais. E os caipiras começaram a jorrar pelas portas da estação. Vinham todos carregados e pasmos. Ninguém vinha para Havana sem trazer caixas de alimentos. Arroz, feijão, embutidos, carne de porco. Isso era fácil. Já tinha feito outras vezes. Meteu-se no meio da manada de caipiras, para escolher sua vítima. Logo a encontrou. Uma mulher sozinha, com três meninos e seis caixas de papelão pesadas. Ela não aguentava aquilo tudo e via-se que estava nervosa e desesperada. Os meninos choravam de sono e de cansaço. Quase vinte horas desde Santiago, num trem de quarta categoria, com assentos duros. A mulher não conseguia controlar tudo aquilo. Rei se aproximou, gentil:

— Eu ajudo a senhora. Estou com o carrinho ali fora e custa barato. Até os meninos podem ir no carrinho.

— Tá bom, tá bom, obrigada. Eu vou até a esquina da Cuba com a Amistad.

— Ah, é pertinho. Só cinco pesos.

— Tudo bem.

— Me dê duas caixas... deixa ver... não, não. A senhora não consegue. Olhe, me espere aqui com os meninos e eu vou levando as caixas de duas em duas. Meu sócio está tomando conta do carrinho, não tem problema.

— Ah, obrigada, ainda bem, porque eu não sabia mais o que fazer.

Rei pegou as duas caixas maiores e mais pesadas. Quase não aguentava as duas. E ainda fez uma brincadeira com os meninos:

— Vocês três também vão no carrinho. Passear por Havana.

Saiu para a rua com as duas caixas... e adeus, Lolita da minha vida, se já nos vimos não me lembro.

Em poucos minutos chegou ao edifício de Magda, extenuado com aquelas caixas tão pesadas. Subiu a escada correndo. Bateu. Magda abriu a porta quase dormindo.

— Olhe, acorde que eu trouxe comida.

— Porra, Rei, não enche o saco... estou dormindo...

— Acorda, mulher! Vamos ver o que tem aqui!

— Onde é que você arrumou isso?

— Não interessa onde eu arrumei.

Rei estava eufórico. Abriu as caixas. Uma continha arroz. A outra, feijão-preto.

— Uhhhh! Magda, aqui tem rango pra dois meses.

— Se você cozinhar, porque se for esperar por mim...

Deitaram-se. Rei tentou. Magda o rechaçou.

— Qual é, o que foi?

— Estou com sono. Me deixe dormir, porra. Você está sempre de pau duro e eu estou morta de cansaço.

— É, de trepar com os velhos porcos.

— Ahh, é, é.
— Não. É, é, coisa nenhuma. É-é coisa nenhuma. Olha como eu estou com tesão. O que você quer, que eu bata uma punheta?
— Isso, bata uma punheta, meta o dedo no cu, faça o que quiser.

Magda dormiu. Rei despertou. Por fim, teve de bater uma punheta sozinho. Pôs a mão esquerda em cima das nádegas de Magda, e isso bastou para aquecê-lo um pouco. Magda, dormindo de bruços, nem percebeu. Rei logo teve seu orgasmo e então conseguiu se controlar e dormir.

Quando acordou no dia seguinte, Magda tinha ido embora. A porta estava aberta. "O que será que está acontecendo com essa louca? Deve estar metida em alguma encrenca e não quer que eu fique sabendo", pensou. Ficou rolando um tempo no colchonete, com o estômago nas costas, como sempre. Esses eram seus passatempos favoritos: nada para fazer, rolar na cama, dando voltas e mais voltas, deixar o tempo passar e sentir fome. "A única propriedade do pobre é a fome", dizia sua avó quando ainda falava. Desde pequeno lhe ensinaram a não dar importância a essa propriedade. Fazer que não existia. "Esqueça da fome porque não tem nada para comer", gritava sua mãe sempre, todos os dias, a qualquer hora. Então ele se lembrou e disse para si mesmo:

— Porra, Rei, está reclamando do quê?

Pôs-se de pé de um salto e foi para a casa de Sandra. A porta estava aberta, o rádio tocando música, e ela esfregando o chão, muito dona de casa:

— Ei, garoto lindo! Espere aí, não entre que estou limpando o chão com querosene e você pode escorregar. Fique aí.

Em poucos minutos o chão estava seco.

— Rei, entre pela beiradinha, *papi*. Não me suje o chão, *chinito*, e sente na cama. Quer café?

— Quero.

Sandra lhe deu o café e continuou trabalhando. Tirando o pó, limpando as bonequinhas e os enfeites, lavando umas calcinhas e um vestido rosado. Metade do quarto era sustentada por umas vigas grossas. Ali o teto e a parede estavam muito rachados e a chuva se infiltrava. Tinha um péssimo aspecto. Sandra disfarçava aquele pedaço com plásticos e cortinas, uma lamparina vermelha colocada em cima de uma estranha mesa de três pernas, que era na verdade uma lata de bolachas coberta com um pano. Enfim, toda uma cenografia de casinha de brinquedo para esconder os escombros e só deixar visível a beleza kitsch.

— Sandra, não está com fome?

— Vou fazer um almocinho, *papi*. Só para você e para mim. Vai ver que gostoso... toma...

Deu-lhe vinte pesos. Rei trouxe cerveja. Quando voltou, Sandra estava cozinhando arroz com frango.

— Ponha a cerveja na geladeira.

— Você vive bem mesmo, Sandrita. Sabe viver.

— Eu sei.

— Ontem arrumei um pouco de arroz e feijão-preto. Espere que vou trazer um pouco pra você...

— Não, não. Deixe para a bruxa. Você aqui não tem de trazer nada, *papi*. Nada. Eu sustento você, meu amor... ei... Por que não toma um banho?

— Não, pare com isso. Não estou sujo.

— Rei, *chinito*, tem de tomar banho todo dia, e fazer a barba e usar desodorante e roupa limpa. Não seja porco. Você vai acabar pegando sarna e ainda passa para mim.

— Ah, você até parece os guardas do...

— Os guardas de onde? Acabe de falar.

— Nada.

— Escute, menino, quando você está indo com a farinha, eu estou voltando com o pão. Essa pomba que você tem no braço, e essa perlona tão gostosa na ponta do pau... isso é coisa de presidiário. Você esteve preso ou está fugido.

— Não invente, Sandra. Não se meta a adivinho e me deixe sossegado.

— Eu não estou me metendo a adivinha, *chino*. Você para mim é um livro aberto. Não precisa responder, mas vou perguntar uma coisa: você esteve no tanque? Saiu como? Não sei. Mas você está vendo o veado que eu sou? Sou louca de pedra, só que em mim você pode confiar vinte vezes mais do que nessa puta fedida que não toma banho nunca, e deixa você feito um lixo e comendo na mão dela, e que por vinte pesos tanto faz bater uma punheta para um policial na esquina como alcaguetar você e jogar no fogo.

— Rapaz, por que detesta tanto a Magda?

— Por nada, e não me chame de rapaz, me chame de menina. Me-ni-na. Me-ni-na.

Preparou um balde de água para Rei no canto que servia de banheiro. E ela mesma lhe lavou as costas, os pés, a cabeça, o saco, esfregando bem. Fez o pau dele ficar duro esfregando com a toalha. E acabaram na cama. Se desejavam. Fizeram em todas as posições imagináveis. Sandra era uma especialista, mesmo sem nunca ter lido o *Kama sutra*. Rei evitou que Sandra tocasse suas nádegas e ele não tocou, nem olhou, pelo menos diretamente, o falo ereto de Sandra.

— Eu sou homem. Não me toque na bunda. — disse.

Sandra estava acostumada com isso. Ficou ainda mais feminina e o deixou louco. Acabaram esgotados, felizes, beberam um pouco de cerveja. Se recuperaram. Tomaram banho de novo para se refrescar de tanto suor e sêmen. Sandra borrifou o quarto com álcool e água-de-colônia, acendeu varetas de incenso. Vestiu-se toda vaporosa e provocante com umas calcinhas de renda e uma blusa transparente e mínima. Toda de branco. Na calcinha tão delicada sobressaía o volume formado pelo saco e por sua grande vara. Aquilo produzia uma sensualidade brutal. Rei olhou e ficou muito excitado com aquele contraste tão atraente, mas na mesma hora entendeu que tinha de se dominar, e rechaçou a ideia: "Eu sou homem, porra", pensou.

E almoçaram arroz com frango e a cerveja. Tudo delicioso. Sandra fez café e deu para Rei um Lancero esplêndido:

— Toma, *papi*. Aprenda a fumar charuto. Gosto de homem que fuma um puro, cigarro não tem bouquet.

— Não tem o quê?

— Nada, nada. Deixa eu acender e você desfrute perto de mim.

Fumaram. Sandra, os seus cigarros mentolados com filtro dourado. Rei, o seu bom charutão. Ficaram em silêncio um pouco, prazerosos. Mas Rei, estava com aquele ataque contra Magda na cabeça:

— Você acabou não me respondendo.

— O que foi que eu não respondi, meu amor?

— Sobre a Magda. Por que detesta tanto ela?
— Por nada.
— Conte.
— Por nada.
— O que ela fez pra você?
— Nada.
— Conte.
— Ai, *papi*, me deixe. Não vou contar nada.
— Vai contar, sim.

Num rompante súbito, Sandra se pôs de pé, agarrou aquela maçaroca de pau e saco com as mãos, por cima da calcinha de renda branca. Sacudiu-os como um macho e disse:

— Por causa disto aqui, ó, isto aqui. Se eu pudesse, cortava fora. Não quero ser homem! O que eu mais quero na vida é ser mulher. Uma mulher normal. Com tudo. Com uma vagina úmida e cheirosa, e dois peitos grandes e bonitos e uma boa bunda, e ter um marido que goste de mim e que cuide de mim, e que me engravide, para eu parir para ele três ou quatro filhos. Queria ser uma mulata linda, prestimosa, dona de casa. Mas olhe o que eu tenho aqui: este pauzão e este saco. E essa puta porca da Magda desperdiçando o que tem. Se não fosse esta vara, eu seria mulher como ela. Seria limpa e seria mãe... Ai, que horror, Iemanjá e Oxum, que inveja eu tenho dela! Tirem essa mulher do meu caminho.

Sandra ficou um pouco histérica e começou a tremer. Com uns roncos curtos, meio bufando, com os olhos fechados. Rei ficou pasmo. Sandra abriu os olhos. Estavam brancos e ela tinha convulsões. Rei nunca tinha visto alguém incorporando um espírito. As convulsões aumentaram e Sandra caiu no chão. Seu espírito era de uma negra do conga, muito gostosona. Sandra se transformou numa velha, mas com um rosto doce e simpático. Falando em espanhol atravessado e em congo, quase ininteligível, pediu cachaça e charuto. Esticava o beiço e fazia o gesto de chupar: "chup-chup-chup-chup". Foi até Rei, passou um braço por seus ombros e pediu que a ajudasse a chegar até o banquinho. Dirigiu-se ao pequeno altar de Sandra. Havia ali uma garrafa de cachaça e dois puros. Bebeu. Acendeu o charuto com a mão trêmula. Fumou. Aspirou fundo. Bebeu outro gole grande, e disse:

— Tomasa vai falar pr'ocê... uhmmm, chup-chup-chup-chup... agora sim... uhmm.

Com mais um trago grande chegou até a metade da garrafa. Tomasa tinha vindo com muita sede. E fumou um pouco mais antes de continuar:

— Tomasa vai falar... Tomasa veio p'ajudá... Essa sua branquinha não gosta d'ocê. Tem outro homem. Tem um filho com outro homem. Ocê gosta dela, mas ela não. Ela é sangue e morte. Desde que nasceu arrasta sangue e morte. E vai arrastá você... uhmmm... chup-chup-chup-chup... uhmmm.

Mais cachaça. Mais charuto. Com calma, de olhos fechados, poderosa a velha. E continuou.

— Uhmmm... Tu nasceu com um encosto grande, que vem lá de trás, mas caiu pr'ocê. Não é moleza. É uma corrente pesada de arrastá, p'a vida toda. Caiu pr'ocê. Corrente muito pesada. Uhmmm... chup-chup-chup-chup...

Bebeu a cachaça até o fim. Seus olhos ficaram apertadinhos. E fumou mais.

— Uhmmm... E Sandra?... uhmmm... que tome cuidado. Com a justiça, e com uma branquinha amiga dela. Não é amiga dela. Tem justiça pelo meio e cadeia e grades. Tem uma coisa ruim que vão fazê com Sandra. Iemanjá e Oxum lavaram as mãos e não sabem de nada, pô... ah, pô... como os dois estão lavando as mãos... e Sandra sozinha... Uhmmm, chup-chup-chup-chup, uhmmm...

Voltaram as convulsões e os bufos. Caiu no chão, debateu-se. Machucou-se. Rei então reagiu e a pegou pelos ombros. Sandra estava suando. Pouco a pouco foi recuperando a expressão normal e abriu os olhos. Rei lhe acariciou a testa. Quando conseguiu falar, pediu água. Rei lhe deu um copo. Sandra estava esgotadíssima. A duras penas conseguiu sentar-se numa cadeira. Bebeu a água. Finalmente, recuperou-se:

— Ai, Rei, por Deus, o que aconteceu?

— Eu não sei.

— Foi Tomasa, com certeza. Ai, essa preta velha, como ela fode. O que ela fez?

— Eu não entendi nada... Você dizia: "Tomasa vai falá", e me disse uma porção de coisas de Magda.

— Eu não. Não disse nada. Não sei de nada. Foi Tomasa.
— Quem é Tomasa? O que é isso?
— O que ela fez? Deve ter engolido uma garrafa de cachaça, a filha da puta. Bêbada de merda.
— Foi. Você não está bêbada? Bebeu a garrafa de cachaça em cinco minutos e fumou um charuto.
— Ela que bebeu. Eu não bebi nada. Argh!, e fumou um charuto, que nojo! Com Tomasa é sempre a mesma coisa. Deixe eu explicar uma coisa para você me ajudar. Quando eu estiver assim, com convulsão, é Tomasa. Mas não posso aceitar uma coisa dessas. Não posso incorporar o espírito toda vez que ela quiser, porque acaba comigo. Assim não dá, e tenho que controlar ela. Se eu estiver com você e começar a ter convulsão e suar frio, você me passa água-de-colônia na testa, ou álcool, me faz cheirar, e me fala baixinho qualquer outro nome, menos Sandra. Me fala qualquer outro nome.
— Por quê?
— Para confundir a Tomasa. Assim ela vai achar que se enganou de matéria... Ai, meu filho, como você é ignorante, pelo amor de Deus. Não é cubano, não nasceu em Havana? Você nasceu aqui, e em San Leopoldo nem mais, nem menos, é fogo vivo. Às vezes, parece que você caiu da lua. Me dá mais água. Essa velha sem-vergonha me deixa acabada cada vez que me pega.

Rei lhe deu outro copo de água.
— Ah, Tomasa disse que você tem de tomar cuidado com a lei. Que tem prisão. E pra tomar cuidado com uma branquinha amiga sua, porque não é amiga.
— Yamilé?
— Não disse o nome.
— Ai, meu Deus.
— Ah, e que Iemanjá e Oxum lavam as mãos.
— Era só o que faltava. Iemanjá e Oxum virarem as costas para mim! Agora sim que estou fodida! Essa Tomasa só vem pra trazer más notícias e foder comigo. Barbaridade! Nunca me resolve coisa nenhuma, nunca me dá o número da loteria, nunca me encontra o milionário da minha vida. Nada!

Levantou-se do banquinho. Pegou a garrafa vazia e o toco de charuto. Chegou até o altar, furiosa. Bateu na madeira com os nós dos dedos e disse:

— Você está me ouvindo! Com suas bebedeiras e suas coisas, mas está me ouvindo! Deixa dessas coisas e me ajuda, porque senão vão ouvir a minha bronca até em Guantánamo, e aí todos aqueles negros vêm pra cá e você não vai gostar nada, nada. Eu não posso ir pra cadeia, e você sabe disso! Me ajude, porque senão a coisa vai ficar preta para você: não boto mais cachaça, nem charuto, nem mel, nem nada. Só flor e água, até você resolver. Vai morrer de fome. Então, vê se você se cuida. Que porra é essa de encher a cara às minhas custas e fumar charutão? Sabe o que fumou? Um Lancero Especial. De marca. Não fode, menina. E depois me diz que não pode resolver. Já me viu alguma vez com cara de coitada? Parece que não sabe quem é Sandra La Cubana. Toma jeito, Tomasa, porque você tá brincando com Sandra La Cubana e isso quer dizer brincar com fogo!

Quando terminou, Sandra fez mais café. Sentaram-se para beber e fumar. Ela procurou música no rádio. A música de sempre: salsa da boa. Ficaram em silêncio, escutando música e fumando. Sandra começou a lixar e esmaltar as unhas dos pés, muito concentrada.

— Sandra, que negócio é esse que você ia propor para mim?
— Ahh, é. Deixe eu terminar e a gente vai ver o Raulito. É perto.
— O que é?
— Não pergunte. É bom para você.

Saíram pouco depois. Sandra, como sempre, a putinha do bairro, dando pulinhos, com a bundinha empinada, short mínimo mostrando a parte de baixo das nádegas, sorrindo para todos os vizinhos, feliz e provocante. Rei ficou meio envergonhado. Depois, não ligou mais. Raulito era um velho espertinho de caninos de ouro, tatuagens nos braços, colares de Ogum, barrigudinho, baixa estatura, focinho de porco e sorriso de filho da puta. Rei não abriu a boca. O sujeito não era nem um pouco confiável. Sandra era esperta. Cumprimentou Raulito toda charmosa, com um beijo no rosto:

— Olhe, Raulito, é este o rapaz.
— Muito prazer — disse Raulito, sem olhar para Rei.
— Pode começar hoje mesmo? — Sandra perguntou.
— Peraí, Sandrita, não é assim.
— Bom, fale.
— Venha cá.
Puxou-a de lado:
— Quem é esse sujeito?
— Meu marido. Eu me responsabilizo. Quer um adiantamento?
— Claro. Você me adianta mil pesos e depois é cem por dia.
— Não. Adianto quinhentos e depois é oitenta por dia. Não vai dar uma de bode louco pra cima de mim.
— Não, não é assim, não...
— É assim, sim, Raulito, e não se faça de besta comigo, porque falei com todos os seus taxistas e com os do Roberto. Com todos. É quinhentos e oitenta.
— Tá bom, putinha, tá bom.
— Quando começa?
— Ele que venha amanhã às sete e com a carteira de identidade.
— Tá bom. Eu venho com ele e trago o dinheiro.
Foram embora. Uma vez na rua, Sandra explicou:
— É um triciclo. Um táxi. Esse homem tem uns dez ou doze caras trabalhando para ele, além de um restaurante caseiro e três apartamentos de aluguel. É um magnata... na moita, sabe como é... por baixo dos panos.
— E o que eu tenho de fazer?
— Você trabalha do jeito que quiser e todo dia paga oitenta pesos para ele. Mais quinhentos de adiantamento, que tem de pagar amanhã.
— Eu não posso entrar nessa.
— Por quê?
— De onde que eu vou tirar quinhentos pesos?
— Eu empresto, *papi riqui*. Amanhã antes das sete a gente está aqui. Traga sua carteira de identidade.
— Não, não.
— Como não?

— Uhmm.
— Uhmm o quê?
— Não tenho carteira.
— Já imaginava.
— Então esqueça.
— Que esquecer nada. Quer trabalhar com o triciclo ou não quer?
— Quero.
— Tem certeza?
— Tenho.
— Vamos tirar uma foto. De tarde você vai estar com a carteira novinha em folha.

Um movimento estranho. Uns pesos. E às quatro e meia da tarde Rei tinha a sua carteira de identidade nova em folha em nome de um tal de José Linares Correa, de dezenove anos, nascido em Sibanicú e domiciliado em Havana. Pronto.

No dia seguinte começou com o bicitáxi. Ganhou cento e cinquenta pesos. Bom para um primeiro dia. De tarde, quase de noite, foi ver Sandra. Ela estava ocupada na sua longa sessão de maquiagem e cenografia noturna, com brilhos abundantes. Yamilé esperava fumando, displicente e desanimada como sempre. A putaria do bairro Centro Habana exigia esse ar de "eu sou durona e pra mim tanto faz qualquer coisa". Rei estava entusiasmado. Sandra o reteve:

— Espere e leve a gente. Está muito cansado, *papito*? Tome um banho, coma e descanse um pouquinho. A comidinha está pronta... mas tome banho antes e ponha roupa limpa. Sua roupa está aí. Eu lavei e passei.

Rei fez uma careta, mas não tinha jeito senão obedecer. Aproveitou para tomar banho de frente e mostrar o pinto para Yamilé. Estava com a ideia fixa de meter naquela branquinha. Esfregou bem o pau para que aumentasse e engrossasse. Queria deslumbrar Yamilé com alguma coisa, já que ela o desprezava tanto. Yamilé não se deu por achada. Ele se enxugou, se vestiu. Sandra o serviu: arroz, feijão-preto, picadinho com batata frita, salada de abacate, água gelada, pão. De sobremesa, creme de chocolate, café e mais um daqueles fabulosos Lanceros. Yamilé olhou bem aquilo tudo, até que não aguentou mais e explodiu:

— Olhe, Sandra, que exploração que esse cara está fazendo com você? Que porra é essa sua com esse morto de fome fedorento?

— Ai, Yamilé, não me amole. Ele é o Rei de Havana, e é meu marido, então eu sou a Rainha de Havana, hahaha... O Rei e sua Rainha...

Não tinha visto Magda. Parada na porta do quarto, na penumbra do corredor, ela havia escutado tudo. E pulou feito uma leoa:

— Escute aqui, seu bofe de bicha, já pro quarto, senão eu lhe arrebento a cabeça! E você, bichona velha, não se atreva a olhar para o meu marido, que eu mato você. Quem é você pra cozinhar pra ele, porra?

— Ai, sua bruxa, larga de ser besta que eu não tenho tempo pra você.

Rei olhou de uma para a outra e continuou comendo como se não estivesse acontecendo nada. Yamilé se preparou para se divertir.

— Não me ouviu, Rei? Largue essa comida. Isso aí tem bruxaria e vai lhe fazer mal.

— Magda, vá pro quarto que eu vou daqui a pouco.

— Não seja descarado, rapaz! Virou bofe agora? Bofe barato dessa porca dessa bichona, porque se ao menos fosse puto de estrangeiro ainda ganhava dólar... mas não... bofe barato dessa negra porca.

— Você o que tem é inveja de mim, porque é uma bruxa imunda e eu sou uma vedete e madame.

— Eu, inveja de você, bicha de merda?

— Ai, olha quem está falando... todo mundo sabe que você é puta desses velhos porcos que lhe pagam duas pesetas. Por isso está assim toda estropiada, cascuda, e não consegue tirar esse encosto de cima de você por nada deste mundo. Vai lavar a mão, vai, e fora do meu quarto.

— Mais fedida e mais porca é você, bichona!

Magda pulou em cima de Sandra. Tentou pegá-la pelos cabelos, mas era uma peruca. Sandra aproveitou para lhe dar uns bofetões com a mão aberta, dando pulinhos e gritinhos, como uma gata. Magda bateu duro, com socos de punho fechado. Abriu o lábio da outra. Bateram-se mais um pouco. Yamilé se divertindo com a briga. Rei deixou que as duas desafogassem. Quando achou que já era suficiente, interveio:

— Agora chega. Magda, chega! Largue ela e vá pro quarto. Yamilé, me ajude. Pegue a Sandra.

Yamilé nem se mexeu. Ria com aquilo tudo. Magda e Sandra continuaram a se xingar e a se bater. Já tinham esquentado os motores. Era difícil detê-las agora. Rei conseguiu se colocar entre as duas e por fim acalmou-as.

— Se entrar aqui outra vez, bruxa, puta velha, eu corto você em pedacinhos — gritou Sandra.

— Larga do meu marido, bichona filha da puta! Se olhar para ele de novo, corto a sua bunda e a sua cara! Pode ter certeza de que corto você inteirinho e arrebento a sua cara, desgraçado!

Rei conseguiu levá-la arrastada para seu quarto, escuro e fedendo a umidade e sujeira. Rei já não gostava mais de ficar ali. O quarto ventilado de Sandra, sempre cheiroso de perfumes, incenso e ervas aromáticas, era muito mais atraente.

— Não me apareça mais do lado dessa bichona, porque eu mato você, Rei. Quebro a cara de vocês dois e acabo com os dois, nem que tenha de ir pra cadeia.

— Eu faço o que me der na telha, Magda. Você não é dona de mim porra nenhuma e não vai quebrar a cara de ninguém.

— Porra, sou sua mulher e você não vai mais se meter com essa bichona, bem do lado do meu quarto. Isso você não vai fazer! Essa eu não vou engolir. Você não se meta com essa bichona, nem com ninguém!

— Ah, não enche o saco, Magda, você some aí dois, três dias nas suas putarias. Não venha agora fazer tragédia com essa cara de dona de casa.

Magda despencou de repente. A histeria desapareceu e de um só golpe ficou depressiva e chorosa:

— Não acabe comigo, Rei, pelo amor da sua mãe... Estou cada vez mais apaixonada por você... Não faça isso comigo... eu não queria me apaixonar. Por quê?... Por quê?

E começou a soluçar. Rei ficou olhando, duvidando:

— Isso aí é lágrima de crocodilo. Não vai me amansar, e eu estou indo embora que tenho de trabalhar.

Magdalena, chorando como uma Madalena, se atirou de bruços na enxerga. Rei foi para o quarto de Sandra. A marcha triunfal.

— Olhe o que essa puta dessa bruxa fez comigo — disse Sandra, mostrando muitas marcas roxas e arranhões no rosto e no pescoço, que tentava esconder com maquiagem. — Ainda bem que não me quebrou nenhum dente. Ela briga que nem homem... é uma selvagem, nada feminina, eu não sei como você pode trepar com uma mulher que é um selvagem lutador de boxe, uma bruxa de merda.

— Sandra, pare com isso, *mamita*, com essa história de maridinho novo, de maquiagem, bronca, arranhão e peruca estragada, de vizinha puta... ahh, você está bem trágica ultimamente — disse Yamilé.

— Vocês não queriam que eu levasse as duas? Então, vam'bora, que não quero mais confusão esta noite com Magda.

— Espere um pouco — disse Sandra. — Estou nervosa e não consigo pregar os cílios. Me ajude, Yamilé.

Logo depois, Rei seguia pedalando pela Reina, com as duas putas acomodadas atrás, tomando a fresca da noite e fumando. Deixou as duas perto do Riviera.

Essa operação se repetiu três noites. Na quarta, Sandra disse:
— Espere aqui. Se a gente não sair em meia hora, vá embora.

Elas entraram no Café Rouge. Pouco depois, Yamilé saiu, deu-lhe vinte dólares e indicou um endereço. Vinte minutos depois, Rei voltava com dois papelotes de cocaína. Sandra foi quem recebeu. Deu-lhe mais cinco dólares e voltou para o café elegante onde só aceitavam dólares. Rei pegou sua nota verdinha e pensou: "Uhm, isto aqui é outra coisa, isto é que é vida".

Gostou de servir de mensageiro. O bicicamelo da coca. Trabalhava pouco de dia e de noite fazia umas viagenzinhas. A cinco pesitos cada uma. Nunca tinha tido tanto dinheiro. Mas já se sabe. A felicidade dura pouco em casa de pobre. Uma noite, fez duas viagens. Em cada uma trouxe cinco doses para o Café Rouge e Sandra as pegou e levou para dentro. Na terceira viagem, vinha com sete papelotes. O negócio ia de vento em popa. Eram duas da manhã. Não havia vivalma nos arredores. Só dois taxistas cochilando, esperando clientes tresnoitados, e umas putas malvestidas que não podiam entrar no café, esperando clientes de última hora. Rei entregou os papelotes para Sandra, escondidos dentro de dois maços de cigarro. De um carro que estava perto, aparentemente vazio, saíram dois sujeitos com revólveres na mão:

— Não se mexam! Polícia. Não se mexam!

Em um segundo os dois agentes estavam em cima deles. Rei deu um empurrão em Sandra e jogou-a em cima dos policiais. Assim, ganhou uns segundos e saiu correndo para a rua lateral. Às suas costas soaram dois tiros. Correu ainda mais depressa. Ouviu outro disparo. Chegou à esquina e entrou numa rua escura. Correu como uma alma penada. Dois quarteirões abaixo estavam construindo um edifício de vários andares. Entrou na construção. Um carro passou depressa na rua. Ele ficou um pouco atrás de uma parede, escutando, prendendo a respiração. Silêncio. Dois vigilantes passeavam naquele momento na frente do edifício. "Bom, melhor esperar um pouco", pensou. Ficou fazendo contas. Ganhava toda noite de dez a quinze dólares, só com as viagenzinhas de cinco quarteirões. "Porra, como esse negócio acabou rápido." Minutos depois, os vigilantes foram dar uma volta por trás do edifício. Rei saiu tranquilamente, caminhando por todo o Vedado. Agora, tinha a sua carteira de José Linares Correa. Os policiais já o haviam parado três vezes e saiu ileso todas elas. Andava tranquilamente, com sua identificação, trinta dólares no bolso, mais bem-vestido que nunca. "Estava quase comprando uma corrente de ouro... bom, vamos ver como é que vou salvar a pele agora." Por sorte, não ficou viciado na coca. Experimentou umas vezes. Preferia o rum e a erva.

Lembrou que tinha um pouco de erva no bolso. Sentia-se muito seguro. Achava que Sandra não ia falar, se bem que se também tivessem prendido Yamilé dava para esperar qualquer coisa. "Pense um pouquinho, Rei. Pense um pouquinho para continuar sendo o Rei de Havana e não acabar no depósito." Sentou-se no muro do Malecón. Eram três da manhã e a brisa boa dispersaria a fumaça. Enrolou o baseado e fumou. Ninguém chegou perto. Entrou num barato legal e então sua cabeça clareou: "Reinaldito, meu filho, eles viram a sua cara. Vai saber desde quando estavam observando e você ali comendo merda no triciclo pra cima e pra baixo. De forma que, se você se mostrar demais em Havana, é cadeia de novo. Uhmm... vai ter de sumir uns dias e depois avisar a Magda".

E assim fez. Caminhou calmamente por todo o Malecón, avenida del Puerto, Tallapiedra, elevados do trem, porto pesqueiro. Já estava amanhecendo quando chegou ao depósito de carrocerias e ferro-velho. Dois caminhões enormes estavam despejando mais sucata imunda. Entrou por um caminho que conhecia bem. O contêiner enferrujado e meio podre estava à sua espera. Rei olhou para ele com amor: "Ah, minha casinha, que felicidade ficar aqui sossegadinho", disse para si mesmo. Sentia-se bem ali. Muito bem. E deitou para dormir em cima de uns papelões meio podres. Estava como um cachorrinho no ninho.

Quando acordou, sentia-se novo. Estava com fome e disse para si mesmo: "Pra Regla, Rei, porque ali tem pouca polícia, e você agora tem dinheiro. Então, nada de esmola, nem de santinho. O santinho que me beije os bagos". E pôs-se a caminho. Já estava anoitecendo e sentiu um pouco de frio. Quando chegou a Regla, havia uma festa no parque. Uma grande faixa dizia: "Feliz Ano-Novo", e em outra leu: "Bem-vindo 1998, com maior empenho defenderemos nossas conquistas".

"Ah, porra, no dia sete de janeiro completo dezessete anos. Melhor comemorar hoje o Ano-Novo e o aniversário juntos, e se amanhã me prendem acabou-se a festa, como dizia minha avó." Comprou cerveja. Logo se enganchou numa negrinha bem preta, com um bom rabo e boas tetas. Muito alegre e sorridente, e com muito pó de quina espalhado no peito e nas costas para espantar todo mal. Quando Rei tirou trinta dólares para pagar a cerveja, a negrinha olhou com o canto dos olhos e disse para si mesma: "Ganhei a noite". Mas Rei mostrou as notas e pensou: "Mordeu a isca, puta, vai levar ferro esta noite até na orelha. As perlonas estão pedindo carne".

E assim foi. Dançaram um pouco. Deram uns amassos. Rei comprou mais uma cerveja para ela. Depois a levou para uma ruela atrás da igreja, e naquela escuridão fez ela chupar e soltou a primeira porra, ensopando-lhe as tetas. Tinha sêmen de dois dias. Muito sêmen. E disse para ela:

— Não limpe, não. Deixe secar aí. Essa é a marca do Rei de Havana. Assim você vai esquentando o motor.

Enfim, Rei começou muito bem o ano de 1998. Gastou seus trinta dólares em rum, cerveja e numa boa *paella*, dançou, trepou a noite toda. E às seis da manhã estava acabado, com meia garrafa de rum na mão e a negrinha desmantelada como ele, dormindo com a cabeça deitada em suas coxas. Estava olhando o amanhecer, sentado em sua escada preferida junto ao mar, na frente da igreja de Regla. "Já é primeiro de janeiro. Como eu mudei. Sei até dançar e gosto de música." Estava alegre e satisfeito com sua festinha. Recostou-se para trás e dormiu. Despertou com o sol alto e bem quente. À sua esquerda, a barca de passageiros ia e vinha, atravessando a baía. A negrinha também acordou. Espreguiçaram, bocejaram, olharam-se. Ela lhe deu um beijo, inesperadamente alegre e satisfeita:

— Ai, que noivo mais lindo pra começar o ano! Mulato porreta. Como é que você se chama, que eu esqueci.

— Esqueceu nada. Eu não contei.

— De noite, você contou, sim.

— Contei nada. E você, como se chama?

— Katia.

— Eu me chamo Rei.

— Ah.

— O quê?

— Me compra um refresco. Estou com uma sede...

— Deixa eu ver... — revistou os bolsos. — Não. Não tenho nem um tostão e parece... ai, minha mãe...

— O que foi?

— Que perdi minha carteira de identidade...

— Isso é fogo...

— Sem dinheiro e sem carteira.

— Ah, Rei, não vem com essa, que você é porreta. Ontem tinha um pacotaço de dinheiro. Me compre um refresco e guarde esse rum. Não quero mais, não.

— Não tenho dinheiro. Não me enche o saco com esse refresco. Onde é que você mora?

— Aqui mesmo.

— Bom, eu estou indo que a festa já acabou.
— Ai, *papi*, não diga isso. É casado?
— Não.
— Então, a gente pode continuar. Eu não tenho filho nem nada.
— Não tenho nem onde morar, menina. Se manda que vai se dar melhor.
— Não vou, não. Não gostou de mim?
— Gostei, claro. Não viu como comi você ontem? Estou com a perlona pegando fogo no pau.
— Ai, é mesmo, *papi*, me deixou louca.
— Tem alguma coisa de comer na sua casa?
— Na minha casa? Está maluco! A gente é em catorze, morando tudo no mesmo quarto, num prédio aqui perto, umas duas quadras.
— Então melhor nem ir pra lá.
— Não, não. Pra quê?
Saíram andando sem rumo. Katia, alegre, feliz, abraçada com Rei, pensando em qual promessa ia fazer para Iemanjá, para a Virgem de Regla, para aquele mulato de Pica de Ouro não ir embora e ficar apaixonado por ela para sempre. Rei, por sua vez, pensava em levá-la para o depósito de ferro-velho, para viver acompanhado algum tempo no contêiner. A negrinha era fibra e músculos. Afinal de contas, não valia a pena ficar ali sozinho e amargurado. "O que será que aconteceu com a Magda, o que estará fazendo agora minha doce e triste Magda de ébano e marfim?" Onde é que tinha ouvido isso? Teria sido na escola?
Vinha na direção deles um mulato alto, magro, alegre, com um flamejante gorro do serviço de limpeza da cidade de Chicago e uma grande corrente de ouro, com um medalhão da Virgen de la Caridad del Cobre. Cumprimentou Katia com um beijo:
— Começou bem o ano novo!
— Hahaha... Olhe, Rei, este é o Cheo, um dos meus irmãos.
— Muito prazer.
— Uhm.
— O que vocês estão fazendo?
— Nada.
— Tem uma balada hoje de noite, estão a fim?

— Onde?
— No Novo Vedado.
— Uhm, muito longe.
— Katia, venha cá. Dá licença um pouquinho, Rei.
Cheo se afastou uns metros com Katia:
— Olhe, é uma balada com uns estrangeiros. Dois velhos e duas velhas, e pagam bem. Querem ver uma cena. Qual é a desse cara? Se é furada deixa pra lá e dispensa.
— Não, não. Ele é perfeito pra isso. Tem um puta pau enorme e com duas pérolas na ponta. Me deixou louca ontem de noite. Quanto paga? Não me enrole, que você é um tremendo enrolador...
— Não, tudo fair play. Cinquenta paus pra cada um.
— Dá o endereço. Tá falado.

Katia convenceu Rei quando mencionou os cinquenta dólares. Às dez da noite estavam curtindo uma cerveja gelada, sentados tranquilamente numa mansão agradável, de dois andares. Os móveis, cortinas e estofados um pouco puídos e desbotados, os poucos enfeites haviam sido novos quarenta anos antes. Nas paredes uma mistura eclética de telas: desde Lam, Mariano, Portocarrero e outros mestres cubanos modernos, até um Romañach e diversos europeus de meados do século xix, uma aquarela sobre papel de Dalí e uma gravura de Picasso. Cheo os deixou esperando uma hora, sentados naquele sofá empoeirado, com a cerveja que beberam em dois minutos. Os cinquenta e oito minutos restantes ficaram hirtos, constrangidos naquela residência impressionante, sem se atrever nem a conversar entre eles, respirando pó e umidade. Um veado velho passou várias vezes, atravessando o salão. Sempre olhava para eles e sorria. Às onze da noite, chegaram os convidados: dois homens de sessenta anos, barrigudos, com relógios e correntes de ouro, um pouco afetados. Cumprimentaram o casal. Foram para outra sala. Silêncio. Rei estava impaciente:
— Katia, acho que vou embora. Aqui tem coisa e não estou gostando desse negócio.
— Não vai me dar mancada agora, que são cinquenta dólares.

Nesse momento, Cheo reapareceu, com seu gorro de Chicago:

— Já combinei o que a gente vai fazer. Agora a gente põe música, bebe uns tragos, conversa, e aí eu aviso você para fazer um striptease, provoca o Rei. Você tira o bicho pra fora e começam um frege vocês dois. Depois eu também tiro o negócio pra fora e a coisa rola...

— A coisa rola o quê? Eu sou homem, não quero rolo comigo, não.

— Bom... com a Katia... eu faço com a Katia, pronto.

— Katia não é sua irmã?

— Ah, esquece.

Saiu tudo nos conformes: música, rum, cerveja, conversa boba, umas carreirinhas de pó snifadas... A bichona da casa e os veados estrangeiros não eram estimulantes. Mas Katia estava ali, curtindo o rolo. O pó deixou todo mundo eufórico e a negrinha tirou diploma de estrela pornô. Sabia fazer feito uma grande estrela. Rei teve uma ereção e tirou para fora. Cheo se entusiasmou e tirou as calças. Para ele, tanto fazia dar ou comer. Os veados se limitaram a olhar. Cheo tentou várias vezes dar ou comer, mas eles recusaram. Tinham medo de doenças tropicais. O show foi breve. Não tinha muito clima. Os gringos pagaram e foram embora. O dono da casa mordeu o anzol de Cheo e foram para outro quarto. Minutos depois, Cheo saiu, pegou o quadrinho de Picasso, enfiou num saco plástico, deu para Katia e disse assim:

— Leve esse quadrinho pra casa e guarde pra mim.

— E pra que você quer essa merda tão feia e tão velha?

— Pra enfeitar.

— Enfeitar. Naquele quarto fodido? Ah, você tá louco.

— Cuidado pra não perder de jeito nenhum. Eu lhe dou dez dólares pelo favor.

— Tá bom, se é assim.

— Podem ir, que agora eu tenho mais um trabalhinho adicional.

Katia e Rei saíram andando na madrugada, sem pressa. Cada um com cinquenta dólares no bolso. Rei sem carteira de identidade, e pensando no probleminha pendente do Café Rouge, disse para Katia:

— Olha, eu estou numa boa e não convém topar com a polícia. Vou me enfiar por uma rua dessas e amanhã me mando.

— Ah, por mim tudo bem.

Entraram numa rua escura e arborizada, junto ao zoológico. Seguiram por ali. Havia poucas casas, poucas luzes e muitas árvores. Escolheram uma árvore frondosa, sentaram-se recostados ao tronco e dormiram escutando os gritos, chiados, bramidos, rugidos, de elefantes entediados, leões entorpecidos, macacos e aves de todo o mundo, que despertavam no meio da noite com saudade de suas selvas e lamentando aquelas grades, aquele fedor de merda alheia e aquelas comidas sem gosto e escassas.

Quando amanheceu, começaram a caminhar a pé e o tropel das aves e dos macacos foi ficando para trás. Aí se lembraram de que tinham dinheiro e podiam tomar um táxi até o embarcadouro da barca de Regla.

Meia hora depois, desceram do táxi na avenida do porto, em frente ao cais da barca. Estavam bem amarrotados e sujos, mas não se diferenciavam do resto. Um policial se aproximou e pediu documentos para Rei. Outros três policiais faziam a mesma coisa ao acaso, com qualquer transeunte. Revistavam bolsas e pacotes e indagavam a origem disto e daquilo. Se encontravam qualquer anormalidade, detinham o cidadão e o levavam preso. Por "anormalidade" se entendia carne de vaca, ovos, leite em pó, queijos, atum, lagosta, café, cacau, manteiga, sabão, enfim, uma quantidade de produtos que circulava no mercado negro a preço menor que nas lojas de dólar e que não existia nas de pesos cubanos.

Ao mesmo tempo que pediu a carteira de identidade, o policial indicou com um gesto de cabeça para Katia abrir o saco e mostrar o que estava levando. Ela mostrou o Picassinho.

— E isso aí?

— Um quadrinho, um enfeite pra casa.

— Ahh.

Insistiu com Rei para que mostrasse a identificação, mas um outro policial tinha surpreendido um traficante do mercado negro, com uma caixa contendo vários quilos de leite em pó. O policial chamou os outros para ajudar com tão perigoso transgressor da lei.

Rei respirou aliviado e correu para entrar no molhe da barquinha. Dentro de alguns dias completaria dezessete anos, e queria estar em liberdade. Embora fosse difícil. Cada dia havia mais policiais, rondando cada vez mais. Ia ter de viver sempre como um rato, escondido em sua toca? Katia arrancou-o daquelas ruminações.

— Por pouco não me mijo e cago toda com aquele policial.

— Por quê?

— Você sem identificação e eu com este quadrinho de merda. Nem sei por que Cheo roubou essa porcaria. Estou com vontade de jogar na água.

— Ele pediu para você cuidar por dez dólares. Não é grátis.

— Por isso que eu não jogo.

A barquinha atravessava a baía lentamente, navegando entre uns barcos ancorados, silenciosos, sem ninguém à vista. Nos cais não se via nenhuma atividade. A impressão geral do porto era de greve, ou de férias ou solidão. Desceram em Regla. Mais policiais. Enfiaram-se na igreja. Katia aproveitou para se ajoelhar na frente do altar-mor e rezar fervorosamente. Rei, sentado num banco, observava friamente enquanto pensava: "Se ficar pedindo esmola com um santinho me deixam sossegado. O único jeito de não me pedirem carteira de identidade a cada dois minutos é me fazer de esmoleiro".

Katia terminou suas orações a Iemanjá e saíram andando discretamente até o edifício. Cheo já estava esperando por eles. Arrebatou o quadro das mãos da irmã.

— Cheo, me dá o dinheiro.

— Depois, agora não tenho.

— Não seja descarado, Cheo. Me dá meus dez dólares. Por pouco não joguei essa merda na água. Pra que você quer isso?

— Tá aqui seus dez dólares, Katia. E não faça tanta pergunta.

— Você vai vender esse quadrinho. Por isso que me pagou os dez.

— Não contem para ninguém, mas este quadrinho vale um monte de pesos, em dólares. E já está vendido para um estrangeiro meu sócio.

— E quanto ele vai pagar?

— Bom, ele disse duzentos, mas eu vou fazer de difícil, ver se solta uns trezentos, hahaha. Trezentos dólares por esta merdinha...

Sou ou não sou um gênio pra negócio? Minha vida é fazer negócio, Rei, *bisnes*!

— Duvido que alguém dê tanto por esse quadrinho mixuruca.

— Qual é, Rei, já está falado. O cara ficou louco quando eu contei, e ele tem como tirar do país sem problema nem nada. Quem tem dólar vive bem, cara. Dinheiro, dinheiro, sem dinheiro não se vive! Vamos lá pra fora, cara. Vamos falar de negócios.

Saíram do prédio e se sentaram na sarjeta:

— Olhe, Rei, eu nem conheço você, mas você está feito se quiser, cara. E se está chegado na minha irmã... bom... eu tenho de ajudar.

— Não sei por que está dizendo isso.

— Você é moço. Tem um bom material. Essa corzinha sua tem muito valor.

— Do que você tá falando?

— Escute, as estrangeiras são loucas por negros e mulatos. Como você e eu. E você tem um pauzão que vale uma fortuna. Vale ouro isso aí que você tem no meio das pernas! Ouro puro!

— Rapaz, você é veado ou qual é o seu problema?

— Espere aí, espere aí, não vai saindo fora, não. Estou querendo ajudar.

— Querendo ajudar? Assim, de graça? Só de bonzinho... com essa pinta de sem-vergonha que você tem... Não enche o saco, cara!

— Espera aí, cara... olhe, escute. Eu passei seis meses na Finlândia, amigado com uma estrangeira de lá mesmo, da capital, e aquilo foi um atraso de vida. Um frio e uma neve do caralho, e eu não entendia a língua, mas, porra, dá pra viver... todo mundo lá vive que nem rei.

— E por que voltou?

— Não, não, eu tive uns probleminhas com a polícia e isso aí... nada, já passou. Olhe, Rei, a gente tem que se projetar, eu agora estou colado numa norueguesa. Ela vem em fevereiro pra casar comigo e eu vou me mandar.

— Pra onde?

— Pra Noruega.

— Onde que é isso?

— Na casa do caralho. Ela disse que é igual à Finlândia, um tremendo dum frio e neve e a língua esquisita, a mesma bosta, mas agora vou casado, legal, e pra trás não volto nem pra pegar impulso.

— Sorte sua.

— É, o negócio é que a minha menina tem duas ou três amigas. Quando elas estiverem aqui eu o apresento e você cola numa delas pra se mandar também. Depois a gente manda um norueguês aqui pra Katia. Olha, saca só, isto aqui não tem futuro, mas se eu puder ajudar você e a minha irmã...

— Não, não conte comigo. Eu tenho medo de avião e nunca saí de Havana. Nem quero. Meu negócio é aqui.

— Não seja besta, Rei. Você ainda é moço e tem um pau que pode abrir as portas do mundo pra você, escute o que eu estou dizendo.

— Nada disso. Sai dessa. Vou me mandar.

— Ahh, você vai ser um morto de fome a vida inteira.

— Estou acostumado a batalhar, cara, e nunca morri de fome. Diga pra Katia que eu fui embora. Depois apareço por aí.

Cheo ficou sentado na beira da sarjeta, pensando que aquele sujeito era um imbecil. Entrou no prédio e disse a Katia:

— Olhe, esqueça esse mulato morto de fome. Quem nasce pra centavo nunca chega a peseta.

Rei estava assustado. Comprou uns pães com croquetes, refrescos, doces. Encheu a barriga e refez a rota habitual. Saiu de Regla. Deixou para trás os silos. Avançou um pouco mais sob o sol suave de janeiro e chegou até o contêiner. Tinha muitos problemas na cabeça: a polícia, Magda, a possível denúncia de Yamilé e Sandra. Estava esgotado e com dor de cabeça por causa da noite anterior. "No fim das contas, arrumei um monte de dólares sem muito trabalho", pensou, e dormiu. Dormiu profundamente vinte horas seguidas. Nada o interrompeu. Quando despertou no dia seguinte, era meio-dia e tinha uma fome terrível. Controlou-se. Sabia como fazer isso. "Nem pense na fome porque não tem nada que comer." Essa frase sua mãe lhe repetia automaticamente e com isso lhe tirava a fome. Era como um reflexo condicionado. Simples assim. Dormitou mais um pouco. Por preguiça. Por pura preguiça. Sabia que tinha de se mexer. Ir até Regla e procurar Katia. Ou até Havana e procurar Magda. Que fazer?... Ah, detestava tomar decisões. Nunca pensava em termos de coordenação, precisão, sistematização, perseverança, esforço. Uns cães latiam ao longe. Muitos cães latindo ao mesmo tempo. Sua mente deslizou placidamente para isso. Ficou escutando os cachorros um bom tempo. Então descobriu que, além deles, os galos cantavam, algum caminhão estava rugindo, e que, muito mais perto, o vento sacudia o mato e fazia-o murmurar. Não se interessava por nada disso. Por que se interessava? Por nada. Não se interessava por nada. Tudo lhe parecia inútil. E dormiu de novo. Tranquilamente.

Estava entardecendo quando acordou. A fome já era tanta que nem sentia mais. Saiu andando por inércia para Havana. Sem pensar. Estava fraco e macilento. Tinha dinheiro no bolso, mas nem lembrava disso. Foi bordeando o bairro de Jesús María até o parque Maceo. Era muito tarde. Não esperava encontrar Magda vendendo amendoim a essa hora, no ponto do camelo. E não a encontrou. Tinha um sujeito discutindo com outro. De repente, tirou uma boneca de plástico que tinha dentro de um saco e bateu na cabeça do outro:

— Não me trate tão mal! Não me trate tão mal! Já chega!

O outro, com um gesto, protegeu-se com o braço a tempo de agarrar sua mão. O sujeito se safou e continuou batendo nele com a boneca, cuja cabeça se soltou e foi se desfazendo em pedaços. Então ele largou os restos da boneca e bateu com os punhos fechados. Batendo como faria uma menina desvalida e desnutrida. Ao mesmo tempo, continuava insultando:

— Nunca tive um homem grosso desse jeito. Nunca!

O cara, sem abrir a boca, continuou se protegendo como podia, até que em algum momento pegou seu braço, torceu-o bruscamente e, num acesso de raiva terrível, quebrou seus ossos, que se partiram facilmente ao se chocarem com o joelho dele. Ficou satisfeito, observando, sarcástico, sua obra: o de braço quebrado, no chão, olhando para ele em estado de choque, transido de dor. Sentia tanta dor que perdeu a fala. Várias pessoas que assistiam ficaram igualmente mudas. O único a romper o silêncio foi um velho bêbado que assistia à cena fixamente, repetindo:

— Este mundo está perdido... vejam só isso... este mundo está perdido... vejam...

O do braço quebrado ficou caído no chão. O outro saiu andando como se nada tivesse acontecido. Todos disfarçaram e olharam para o outro lado. Rei continuou andando pelo parque Maceo até o muro do Malecón. Talvez fosse meia-noite, ou duas, três da manhã. Tanto fazia. Não havia quase ninguém na rua. Dois ou três casais bebendo rum e trepando nos bancos, e dois ou três punheteiros observando e balançando os pingolins rítmica e sonhadoramente. Tudo bem. *No problem.*

Então, Rei se lembrou que tinha uns dólares no bolso. Olhou o café da Fiat, e de repente a fome rugiu como um tigre no fundo de suas entranhas. Literalmente. Acontece poucas vezes na vida. Sente-se pavor porque se acredita que realmente o tigre pode nos devorar, começando pelas tripas e saindo para fora. E esse pensamento altera até o mais macho dos machos, porra. É preciso encontrar alguma coisa para comer urgentemente para tranquilizar o tigre. Rei andou depressa. Abriu caminho entre a fauna habitual de cândidos turistas em busca de sexo barato e da melhor qualidade, putas e putos loucos para encontrar o cândido turista de sua vida que lhes propusesse casamento. Havia também uns quantos veados e umas quantas sapatonas brutalmente masculinas e sérias, e revendedores de um rum asqueroso, primorosamente engarrafado como legítimo *paticruzao*. Em dois minutos, estava devorando três cachorros-quentes com bacon e duas cervejas. Dessa vez escondeu muito bem os dólares que sobraram. Comprou um maço de cigarros e foi fumar no Malecón. Não estava com sono. Fazia dias que não tomava banho nem fazia a barba, mas ainda não parecia um mendigo. Só estava um pouco amarrotado, sujo, desgrenhado, o que o situava muito organicamente no apocalíptico ambiente citadino de final de milênio. Veados finíssimos e sensuais e putas rústicas e bêbadas lhe pediam cigarros continuamente. Assim distribuiu quase todo o maço recém-comprado, até que reagiu: ah, tinha se sentado no Malecón, na frente do café da Fiat, precisamente ali onde se reuniam todos os gays e lésbicas caçadores. Ah, as portas de Deus. Foi um pouco mais adiante, até o parque Maceo, território do amor heterossexual e dos voyeurs acompanhantes, evidentemente menos agressivos e mais concentrados no seu negócio.

Não estava com sono. Que fazer? Nada. Fumar dois cigarros que conseguiu salvar. Acendeu um e olhou o mar escuro e espumante de janeiro. Havia uma boa fresca e... ah, lembrou-se de seu aniversário. Que dia será hoje? Olhou em volta. A uns metros, um negro tocava uma punheta olhando um casal que trepava um pouco mais adiante, sentado de frente em cima do amplo muro do Malecón, se mexendo ritmicamente, e o negro, absorto no espetáculo, se masturbando no mesmo ritmo. Rei não teve dúvida.

— Psiu, psiu, ô, ô... psiu, ô, ô...

O sujeito se sentiu surpreendido. Assustado, guardou o falo precipitadamente e com certeza perdeu a ereção num segundo, pensando que algum policial podia tê-lo apanhado em *fraganti-manus falus* na via pública. Olhou dissimuladamente para o lado de onde chamavam. Aí, Rei lhe perguntou:

— Que dia é hoje, cara?
— Ahn?
— Que dia é hoje, cara?
— Ahn, do quê? O que você está falando?
— A data, a data. Que dia é hoje?
— Ah, não... porra, cara... Não sei, não sei... porra, você acabou com o meu barato.

O negro ficou muito zangado. Ignorou Rei e de novo tentou se concentrar no seu passatempo, para recuperar o que tinha perdido e avançar mais. Rei pulou do muro para o chão e saiu andando. Na esquina de Belascoaín, dois policiais chatíssimos. Rei ficou ligado. Deu meia-volta. Entrou no túnel do elevado, saiu no parque. Mais casais e mais punheteiros. Na frente dele, atravessou um velho com duas sacolas cheias de alguma coisa. Eram pesadas e o velho andava depressa, com cara de assustado.

— Que dia é hoje, vovô?
— Duas e meia.
— Não, o dia.

— O quê?
— Que dia é hoje? A data.
— Ah... não sei, não sei... São duas e meia.

Três policiais na esquina da Belascoaín com a San Lázaro. Rei virou na Marqués González, escapou por ali e foi atravessando todas as ruas pequenas, na direção de Jesús María. Os policiais ficavam de guarda nas avenidas. Na porta de um prédio, na Ánimas, uma velha muito muito muito gorda tomava a fresca. Quase nua. Só um vestido velhíssimo, puído e transparente de tanto lavar. Dava para ver suas tetas enormes, os bicos grandíssimos, a barriga extraordinária, quem sabe debaixo daquela massa gelatinosa, suada, ácida, calorenta, houvesse um monte de vênus com uma vagina úmida e palpitante e tudo o mais. Talvez realmente existisse tudo isso, o difícil era chegar até lá sem morrer asfixiado. A mulher não era muito velha, devia ter entre trinta e cinquenta anos, ou talvez entre vinte e cinco e cinquenta e cinco. A vida dura desbota muita coisa, acrescenta rugas, enfim. Ela olhou para Rei e sorriu provocante. Rei perguntou:

— Você sabe que dia é hoje?

A mulher ficou surpresa e começou a rir como se a pergunta fosse uma boa piada:

— Hahahahaha. Não sei. Hahahaha.
— Tá bom...
— Mas venha cá, não vá embora... hahaha.

A senhora o pegou por uma mão. Os braços pareciam presuntos e as mãos eram grossas e fortes. Rei tentou se soltar, mas ela não deixou. Prendeu-o com firmeza e lhe disse, sedutora, ou pelo menos com a intenção de ser tão sedutora e sexual quanto o Lobo na frente de Chapeuzinho Vermelho:

— Para que quer saber que dia é hoje?
— Não, para nada... me solte que eu vou andando.
— Não vá, não... Pra que a pressa?
— Me solte, porra, ehh!

Ela o soltou e ao mesmo tempo disse:

— Vamos pro meu quarto pra você ver os jorros de leite que eu solto... isso você nunca viu... é um menino... Venha cá... não vá embora... Venha cá.

Rei já estava longe, pensando em como era imbecil aquela gorda: "Quem vai trepar com um mastodonte desses, porra? Prefiro bater cinquenta punhetas". E, muito graficamente, imaginou-se tentando levantar aquelas toneladas de gordura, de tripa e barriga, para encontrar a boceta e os pentelhos daquela mulher. Imaginou-se levantando aquilo tudo e ela rindo, e ele sem encontrar o sexo, e só suor e sujeira e cheiro de suor ácido. E sorriu. Ah, seria divertido no fim das contas.

Apertou um pouco o passo. Havia muito silêncio e tranquilidade, e muito escuro e fedor de lixo podre. Aparentemente os caminhões de coleta de lixo não passavam fazia dias. Nas esquinas se acumulavam montes de dejetos podres exalando seu odor fétido, atraindo ratos, baratas e tudo o mais. Não gostou de ter de andar num escuro tão grande. Só as avenidas eram um pouco iluminadas. Alguns negros do bairro bebiam rum e conversavam sossegadamente, sentados nas portas de seus quartos quentes e pequenos. As pessoas diziam que o El Niño é que era culpado de tanto calor. "Que *niño* será esse?", pensava Rei.

Na quadra seguinte quase todo mundo estava fora. Ninguém conseguia dormir e levavam a coisa filosoficamente, saíam para se refrescar na calçada até serem vencidos pelo sono. Ninguém trabalhava, ninguém tinha horários, ninguém tinha de levantar cedo. Não havia emprego e todos viviam assim, milagrosamente, sem pressa. Rei subiu pela Factoría e parou na esquina do edifício em ruínas. Continuava de pé. Tudo bem. "Bom, tenho de resolver", pensou. Olhou em volta. Ninguém à vista. Sorrateiramente, entrou no edifício, subiu a escada às cegas e bateu na porta de Magda. Nenhuma resposta. O cadeado não estava na tranca, portanto Magda estava dormindo. Bateu de novo e chamou baixinho, com a boca encostada numa rachadura:

— Magda, Magda... Magdalenaaaa...

Insistiu um pouco mais. Enfim, do outro lado da porta, Magda respondeu:

— Quem é a esta hora, porra?
— Rei.
— Rei? Rei?

— Não grite, fale baixo.

Magda abriu a porta. Quase não se viam. Às cegas, Magda o abraçou, beijou-o como uma louca e, mal controlando os soluços, apertou-se contra ele:

— Rei, pensei que estava preso, meu amor! Ai, Rei, pelo amor de Deus, que bom que voltou!

Rei não disse nada. Pela primeira vez na vida sentiu dentro de si algo incrivelmente bonito, absolutamente inexplicável. Um sentimento desconhecido, mas belíssimo que crescia dentro dele. E sua resposta foi uma ereção formidável, alegre, total. A ereção mais risonha e feliz de sua vida. E treparam como dois selvagens, se amando como nunca antes havia ocorrido com eles, orgasmo atrás de orgasmo até o amanhecer. Então ficaram dormindo, assim, bem porcos, empapados de suor e sêmen e cascão e fuligem. Dormiram como dois leitões felizes sobre aquela enxerga asquerosa.

Magda estava com chatos, que passou para Rei. Mas convenceu-o de que era ele quem tinha chato e que havia passado para ela. E assim ficou tudo. Apesar dos chatos e da bronca, ficaram três dias trancados, numa loucura desenfreada de amor, paixão e sexo. Gastaram em rum, maconha, cigarro e cerveja os dólares que Rei ainda tinha. No quarto dia, estavam com uma ressaca abominável, esgotados, com cãibras nos músculos, Magda achava que podia ter engravidado. Rei estava com a cabeça do pau ardendo e as perlonas irritadas. Magda sentia a mesma coisa na boceta e no cu. Os chatos haviam procriado exultantemente com tanto calor e umidade, e os devoravam vivos. Estavam com o estômago queimando, com gastrite. E, como se não bastasse, só restavam vinte e cinco centavos de dólar, ao câmbio de cinco pesos.

Rei enfiou a mão no bolso e, quando viu que só tinha aquela moedinha, sentiu-se bem. Na verdade, o dinheiro o incomodava e não sabia o que fazer com ele. Lembrou-se de seu aniversário:

— Magda, será que já passou o dia sete de janeiro?

— Por quê?

— Porque sete de janeiro é meu aniversário.

— Não diga! E quantos anos vai fazer o meu nenezinho? Diga que eu vou fazer uma festinha com *piñata* e caramelos.

— Ah, não enche. Não dá pra falar com você.

Ela foi até ele. Deu-lhe um abraço e um beijo. Agora sim estavam hediondos e pestilentos, de tanto rolar naquele colchonete suado, com percevejos e piolhos. Claro que eles não percebiam nada. Sentiam-se bem. Magda beijou-o com tanto amor que conseguiu amansá-lo:

— Diga, *papi*, quantos anos? Eu acho... deixa eu ver... Hoje é... Você chegou na madrugada do domingo, dia quatro, e trepamos sem parar o domingo quatro, a segunda cinco e a terça seis. Hoje é quarta-feira, sete de janeiro. Hoje é seu aniversário!

— Verdade mesmo?

— É. Quantos anos você faz? Diga a verdade.

— Dezessete.

— Porra, a vida está mesmo levando você em passo acelerado! Parece que tem trinta.

— Ah, não enche o saco.

— Bom, tanto faz. Vamos comemorar.

— Comemorar com o quê, Magda? Faz três dias que estamos comemorando. Quatro dias. Nem sei mais. E só tenho vinte e cinco centavos no bolso.

— Eu arrumo alguma coisa. Nem que seja só um pouco de rum.

Os dois estavam realmente imundos. E se coçando. Os percevejos, piolhos e chatos os deixavam loucos. Rei parou na porta do quarto e lhe ocorreu olhar na direção do quarto de Sandra. Estava aberto. Foi até lá. Entrou. Não havia nada. Vazio e abandonado. Tinham roubado até os paus que serviam de suporte para aquela parte ruída. Voltou e perguntou para Magda:

— O que aconteceu no quarto da Sandra?

— Não sei nem quero saber.

— Mas... Magda... como você pode não saber?

— Você deve saber melhor que eu... toda vez que eu lembro me dá uma raiva por dentro... tremendo bofe que você é.

— Eeeeu? Não.

— Diz que prenderam a bichona e vieram revistar. Eu não vi nada. Foi o que disseram por aí.

— Mas as coisas dele todas? A televisão, o aparelho de som, a geladeira? Sandra tinha de tudo lá dentro.

— Já disse que não sei, nem quero saber. Se está preso, tomara que pegue vinte anos.

— Ah, caralho, por que você é tão ruim?

— Por nada. Morto o cão, acabou-se a raiva.

Acenderam o último cigarro e sentaram na escada. Esperando uma ideia. Magda não tinha dinheiro, nem amendoim para vender. Rei, com vinte e cinco centavos no bolso. Ficaram olhando para uma poça de água no andar de baixo. Tinha se oxidado com uns ferros das ruínas e estava vermelha. Rei disse:

— A gente pode vender veneno para barata.

— Onde é que você vai arrumar o veneno?

— Essa água vermelha parece veneno... é só botar na garrafinha e pronto.

— Não diga besteira, Rei. Ninguém compra veneno de barata. Quem liga pra barata?

— Então, a gente tem de arrumar um santinho e pedir esmola.

— Dois santinhos. Um pra mim, outro pra você.

Saíram andando. Pareciam dois zumbis. Subiram a Campanario até a igreja de La Caridad. Ali estavam os santinhos de gesso. Diversas daquelas estatuetas, decapitadas e rodeadas de bruxaria, depositadas na porta da igreja. Pegaram duas. Apertaram as cabeças no lugar e tentaram a sorte ali mesmo. Mas nada. Ninguém lhes deu um centavo. Foram até a Galiano, onde pululavam milhares de pessoas olhando de loja em loja, e outros milhares revendendo de tudo na rua. Desde bijuterias até sapatos de marca. As pessoas ali tinham dinheiro, pensaram. E pediram, com caras compungidas, murmurando qualquer coisa. Nada. Incrível, mas verdadeiro. Nada. Nem uma moeda. Magda não tinha muita paciência para aquilo. Tinha de arrumar dez ou vinte pesos, fosse como fosse, para comprar amendoim e papel e deixar de lado essa porcaria com a imagem. Se pôs a olhar ansiosamente para uns velhos bêbados no parque da Galiano com a San Rafael. Nenhum mordeu a isca. Mas ela nunca se dava por vencida com facilidade. Foi até eles. Se tivesse de arrancar o dinheiro dos bolsos deles, arrancava o dinheiro dos bolsos deles, mas voltava para o amendoim sem discussão. Cumprimentou alegremente, provocou, sorriu. Fez cara de desejo sexual. Não conseguiu nada. Eram velhos demais e estavam bêbados demais e a ignoraram totalmente. Rei ficou olhando de longe. E gozou dela:

— Está perdendo o jeito... hahaha...

— Estou largada demais. Você acabou comigo com essa trepação maluca sem parar. Além disso, esses velhos são uns bostas que não ficam de pau duro nem com guindaste.

— Você é que está muito velhusca. Eu estou inteiro.

— Velhusca o quê? Tenho vinte e oito anos só.

— Pois parece que tem quarenta.

— Ah, sei, sei... além disso, estou procurando dinheiro é para comemorar seu aniversário.

— Não faz cena. Está procurando dinheiro para a gente não morrer de fome.

— Como você é mal-agradecido, menino! Estraga a vida de qualquer um!

— Mal-agradecido não. Eu o que sou é muito durão, igual na música: *tú no juegues conmigo, que yo sí como candela.**

— Ahh, que bárbaro, o Rei de Havana... hahaha.

— Hahaha o quê? Rei de Havana, sim senhora! Durão paca. Ninguém me passa pra trás.

— Você é uma criança, Rei. Não se faça de bacana. Ainda tem muito que aprender.

— E quem que vai me ensinar, você?

— Nem eu nem ninguém. Você é um sem-vergonha. Ou aprende sozinho ou se arrebenta.

— Não tenho mais nada pra aprender.

Falando assim foram descendo a Galiano até o Malecón. Um turista, com uma grande mochila nas costas e expressão de susto, perguntou-lhes onde era a avenida Italia. Não sabiam onde podia ser. Estavam na Galiano. O turista ficou desconcertado:

— Esta é a avenida Italia?

— Não, senhor, esta é Galiano. Avenida Italia não existe.

— Ohh.

---

* "Não brinque comigo, que eu como fogo." (N. T.)

O sujeito ficou paralisado. Pediram-lhe uma moedinha para comer. O turista fez um gesto de desprezo com a mão e seguiu em frente, muito apressado. Procurando desesperadamente a avenida Italia. Quem sabe a vida dele dependia disso.

Continuaram para o Malecón. Duas pessoas lhes deram moedinhas. Agora tinham trinta centavos. Entardecia e o mar estava tranquilo. Dois sujeitos estavam jogando na água suas boias de pneu. Passavam a noite pescando, sentados em cima dessas balsas, com a bunda e os pés dentro da água. Flutuavam a duzentos, trezentos metros da praia, e atiravam algumas linhas com anzóis e chumbinhos. Às vezes, esperavam a noite inteira em vão. Em outras ocasiões, pegavam algum belo peixe. Principalmente se ficavam exatamente em cima do canal de entrada do porto. Em geral só pegavam um punhado de peixinhos. No dia seguinte, vendiam tudo. Esse era o sonho de Rei. Possuir uma dessas boias e passar a noite silenciosamente, flutuando na água escura, sentindo a linha até um bom peixe morder. Não sabia nadar. Mas podia aprender. Ficou um tempo absorto, sonhando ter seus apetrechos e sua boia e pegar bons peixes toda noite. Magda o arrancou daquelas ruminações.

— Ô, vamos, se mexa.

— Pra onde?

— Vamos pro ponto do camelo.

Dez minutos depois estavam sentados na escada da entrada da capela. Com os santinhos na mão. Os devotos de La Milagrosa entravam e saíam e alguns lhes davam umas moedinhas. Os camelos passavam com frequência e centenas de pessoas subiam e desciam, meio histéricas, olhando com ódio para alguém que lhes apalpava uma nádega ou tentava meter-lhes a mão no bolso. Os que subiam se preparavam para empurrar e batalhar. Os que desciam respiravam e relaxavam, serenando os nervos. Magda, com a testa franzida e dura, estava em seu ambiente. Tinha mantido relações com uns tantos motoristas dos camelos. Ou talvez não tanto, mas pelo menos bolinara a vara deles por cinco pesos. Era alguma coisa, afinal. Agora, sem amendoim, não era ninguém. Chegou um camelo, Magda procurou com os olhos o motorista e quando o reconheceu deu um pulo como se tivesse uma mola na bunda. Aproximou-se da janelinha, conversaram em voz baixa. Ela apontou para Rei. Voltaram a conversar. O camelo foi embora. Magda voltou sorridente e disse para ele:

— *Chino*, consegui um trabalho pra você.
— De quê?
— De estivador, na fábrica La Caribe.
— Pooorra! Carregando caixa de cerveja?
— Claro.
— Estou fraco pra isso. E com muita fome.
— Mas você tem força, *papi*. É um touro.
— E como é o lance?
— Esse sujeito é meu chapa e o irmão dele é chefe de armazém lá. Olhe, me emprestou vinte pesos pra comprar amendoim e papel.
— Vamos comer alguma coisa.
— Estes vinte pesos são pro amendoim! O que a gente tem... não chega a três pesos... Vamos ter que continuar com os santinhos. E amanhã você vai até a fábrica.
— E a minha festa? Você não disse que ia arrumar dinheiro pra gente comemorar?
— A gente comemora outro dia, meu amor. Não me faça gastar este dinheirinho.

Rei não respondeu. Só sentia fome. Uma fome do cão. Olhou em volta. Na esquina, dois sujeitos vendiam pão com croquete e tomate. Tinham uma grande bandeja apoiada no carrinho. Ele deu o santinho para Magda e disse:

— Segure isto aqui. Vou esperar você no portal de Yumurí. Venha atrás de mim.

Foi fácil. Chegou perto dos dois sujeitos. Pediu quatro pães. Fez de conta que procurava o dinheiro no bolso. De repente, pegou os quatro pães e saiu correndo pela Marqués González acima. Os dois sujeitos gritaram: "Pega! Pega! Ladrão de pão, pega!". Ninguém lhes deu ouvidos. Rei correu umas duas quadras como uma alma endemoninhada. Parou. Ninguém o perseguia. Seguiu pela Belascoaín. Sentou-se num portal e comeu os quatro pães. Por pouco não engasgou. Deram-lhe um copo de água num bar. Subiu até a esquina com a Reina e se sentou no portal do correio à espera de Magda. Já era quase de noite. Ela chegou uma hora depois, rindo:

— Você é louco, *papi*!

— Comi os quatro, então você vai ter que comprar alguma coisa pra você.

No dia seguinte, Magda se levantou muito cedo. Ainda estava escuro. Ele, como sempre, de pau duro, teso, desejoso de um buraco para se enfiar e despejar o excesso de porra. Nada. Magda não lhe permitiu o devaneio.

— Não, não, que a gente acaba ficando aqui até as dez da manhã. A gente trepa de noite.

— Porra, não enche o saco. Dá uma chupadinha pelo menos.

— Se eu der uma chupadinha vou acabar eu mesma metendo esse pau até no cu. Acha que eu sou de ferro, é? Vamos, levante e vá embora. Pegue o camelo cinquenta e um e desça na La Polar.

— Ai, caralho! Você hoje está parecendo um general.

— General porra nenhuma, estou é cansada da sua vagabundagem. Só quer saber de trepar. De barriga vazia, mas trepando dez vezes por dia. Assim não dá.

Chegou à fábrica às sete da manhã, sem lavar o rosto nem tomar café, sujo e com o pau meio duro porque no camelo aproveitou para se esfregar numa negra de bunda grande e dura. Quando a negra percebeu aquilo, se empinou para trás, e ao descer Rei estava com a porra na pontinha, mas só isso. Agora estava quase tremendo e lhe doíam os bagos. Procurou um velho grande e gordo com cara de bêbado empedernido. Ali todos tinham pinta de bêbados habituais, mas aquele velho parecia ter nascido com a garrafa na mão. Era um velho especial. Examinou-o com cuidado de cima a baixo, com reprovação, e disse:

— Foi você que o Carmelito mandou?... Estamos cada dia mais fodidos neste país. Tudo que era bom foi pra casa do caralho... Venha cá.

Levou-o por um corredor até um escritório. Mostrou-lhe uma cadeira:

— Agora, quando a menina aparecer, entregue para ela sua carteira de identidade e diga para ela botar você no andar do armazém. Um mês de teste, não pense que já é fixo.

— Não, não vai dar.
— Não vai dar o quê?
— É que não tenho a carteira de identidade aqui comigo.
— Não tem nem aqui, nem em lugar nenhum.
— Uhm.
— Bom, então seu negócio é direto comigo. E você vai se dar melhor. Pago dez pesos por dia. Do meu bolso. Está claro? E você fica de boca fechada. Tudo que acontecer no armazém, seja o que for, não interessa, você não viu, não sabe de nada. Está claro?
— Tá, tátátátá.
— Certo. Vam'bora.

Um momento depois, Rei estava carregando caixas de malte e cevada no armazém. Tinha de colocá-las num vagãozinho elétrico que as levava para o departamento de fermentação. Não era difícil. Solitário naquele armazém enorme. O cara do vagãozinho não falava nada. Uma hora depois, a fome lhe apertou as tripas. Procurou o velho gordo. O sujeito não apareceu. Continuou carregando caixas e suando. Às dez da manhã, achou que ia perder os sentidos. Estava muito fraco. E se coçando. Os chatos ficavam entusiasmados com o calor e o suor. E picavam mais e melhor. Por fim, o velho gordo apareceu. Rei, desfalecido, disse:
— Olhe, senhor, preciso de alguma coisa pra comer, porque...
— Ah, claro, claro, esqueci. Vá por esse corredor. No final tem um quiosque. Lá vendem croquete e refresco.
— Uhmm.
— O quê?
— Uhm... não tenho dinheiro.
— Porra, cara, por que não falou? Fala, ninguém pode adivinhar. Toma. Cinco pesos, de adiantamento, de tarde dou o resto.

Rei comeu croquete. Almoçou arroz com feijão. Carregou caixa o dia inteiro. Às cinco da tarde cobrou o resto do dinheiro. Estava com cheiro de cachorro morto. O velho gordo lhe estendeu a nota de longe e perguntou:
— Vem amanhã?
— Claro.

— Bom, não se ofenda, mas... tome um banho, cara, tome um banho porque você está soltando faísca.

— Uhmm... Aqui tem banheiro?

— Tem uns chuveiros lá atrás, mas não tem água, isto aqui é do tempo do Onça.

— Uhmm.

— Olhe aqui, pegue um balde de água na fermentação e vá lá atrás e se lave.

— Tá bom.

— E vai ficar com essa roupa horrorosa? Bom... vá lá.

Naquele dia, Rei foi embora limpo, embora com a mesma roupa asquerosa. No dia seguinte, o velho gordo lhe deu de presente um pedaço de sabão, e no outro uma camiseta limpa. Mais um dia, e uma calça. No outro dia, levou-o ao médico da fábrica para se curar dos chatos e da sarna. No fim da semana, Rei tinha melhor aspecto e o velho gordo disse:

— Rei, no armazém você não tem futuro. Trabalhar por dez pesos por dia não é bom negócio.

— Uhm.

— Quer passar para a estiva da produção?

— O que é isso?

— Estiva da produção.

— Ah.

— Quer ou não quer?

— Uhm.

— Vamos.

Foram até a fábrica. Estavam engarrafando cerveja. A tecnologia das latas ainda não havia chegado. O barulho das garrafas se chocando na linha. As mulheres tinham o rosto jovem e marcado. Mulatas e negras gostosas, alegres e suadas, que brincavam muito com os estivadores. Era um ambiente bom, relaxado. E as garrafas iam saindo, uma depois da outra. Tinham de ser colocadas nas caixas. As caixas nos engradados. Os monta-cargas levavam os engradados. E vinham mais e mais garrafas. Uns negros fortes e suados carregavam essas caixas. Cinco ou seis negros. Olharam para ele um pouco carrancudos, e continuaram. O velho gordo o colocou entre dois negros. Não precisava trabalhar depressa. Dava para se fazer um ritmo cômodo, mas sem parar. Era preciso acompanhar o ritmo da engarrafadora. Às vezes, tinham de carregar diretamente um caminhão. E os negros se apressavam mais. O caminhão ia embora furtivamente, com certo mistério. E eles continuavam com os engradados e os monta-cargas levando as caixas para o armazém. Muito barulho. Não dava para falar. Se era preciso dizer alguma coisa, tinha de ser gritada. Rei ficou com vontade de cagar. Aguentou. Não se podia cagar. Ficou com mais vontade ainda. Ah. Apertou bem o cu e aguentou. Sentiu que ia cagar nas calças. Claro que não usava cueca. Nunca tinha usado cueca. Ia ter de cagar nas calças? Não. Gritou para um dos companheiros:

— Ei, estou cagando! Onde é que eu posso ir cagar aqui?

— Nãonãonãonãonãonão.

— Nãonãonãonãonãonão o quê? Estou quase cagando, porra. Não escutou? Onde é que se caga?

— Até tocar a campainha. Quando tocar a campainha você pode ir.

— Vai pra puta que pariu, que porra é essa? Eu vou cagar nas calças, merda!

Rei ia saltar do estrado da estiva, a uns dois metros do chão. O negro o agarrou brutalmente pelo pescoço e lhe deu um soco duro:

— Já disse que não pode ir. Cague na calça.

Rei apertou o cu. E foi igualmente brutal. Deu um pescoção no negro, mas o sujeito era de ferro. Não sentiu nada e pegou uma garrafa. Um outro negro tentou segurá-lo, mas o sujeito se soltou e tentou lhe dar uma garrafada na cabeça. Rei se esquivou. O negro perdeu o equilíbrio. Rei o empurrou com força. O sujeito caiu para trás, de bunda, na beirada do tablado e despencou para o chão. Dois metros. Caiu de costas. Bateu duro. Parecia ter quebrado alguma coisa. Tentou levantar-se. Não conseguiu. Gemia. A linha de produção continuava soltando garrafas e caixas. Os outros não podiam parar para ajudar o sujeito no chão. Rei por pouco não cagava nas calças. Saiu correndo para um canto, atrás de umas caixas de cerveja, e cagou. Cagou muito e bem. Ufa. Achou que tinha terminado. Não. Cagou mais um pouco. Pronto, ahhh. Não tinha com que se limpar. Com a mão. Limpou-se o melhor possível com os dedos, que limpou, por sua vez, no chão. Vestiu as calças e saiu. Já estavam ajudando o sujeito caído. Tinha quebrado alguma coisa e sentia muita dor. Não conseguia levantar sozinho. Foi levado embora mancando. O negro lhe gritou alguma coisa, mas ele não ouviu. E também não prestou atenção. Voltou a seu posto. Não olhou para ninguém. E continuou trabalhando.

De tarde, o velho gordo chamou-o de lado. Não falou nada do incidente. Deu-lhe cinquenta pesos.

— Por quê?
— É pelas viagens de hoje.
— Que viagens?
— Você não ajudou a carregar quatro caminhões?
— Foi.
— Isso é para a gente. Cada vez que entra um caminhão, tem de carregar depressa para ele ir embora.
— Uhmm.
— Se aparecer algum inspetor da empresa, você não sabe de nada, nem viu nenhum caminhão aqui.
— A gente só carrega os engradados e os monta-cargas.
— Isso mesmo.
— Uhmm.

Cinquenta pesos por dia era outra coisa. Todo dia vinham três ou quatro caminhões. O cara do soco não apareceu mais. Os outros amaciaram um pouco. Magda também ficou mais tranquila quando viu que Rei voltava todo dia com cinquenta *pesitos*. Não reclamava mais e até lavou a roupa dele uma vez ou outra, e cozinhava alguma coisa de vez em quando. Batata-doce cozida e um abacate. Ou arroz branco e uma mandioca escaldada.

Uma tarde, quando terminaram, um dos negros chegou até ele:
— Escute, mulato, você sempre vai embora quando toca a campainha. Aqui não é assim. Tem de participar com os amigos.
— Uhm.
— É. Venha com a gente.
— Aonde?
— Tem uma cervejinha gelada lá embaixo, cara.

Foram ao porão. Escondido atrás dos motores, havia um grande tanque com pedaços de gelo e muitas garrafas de cerveja gelada. Os cinco negros estivadores pareciam boxeadores de peso pesado. Três tinham o nariz quebrado. Outro tinha uma grande navalhada do rosto até o pescoço. Todos com muitas tatuagens. Não precisavam falar. Bastavam olhares e silêncio. A cada dez minutos os enormes e antigos compressores ligavam e o zumbido não permitia nem falar nem ouvir música. E de novo se punham a zumbir e a disparar frio pela tubulação acima. Tinham já bebido umas tantas garrafas. A fábrica fora construída em 1921. E tudo era daquela época: o edifício, os compressores, a tecnologia, o cheiro de umidade, mofo e urina, as baratas. Então, apareceram três mulatas. Vinham diretamente da linha de produção para o porão. Tiraram as toucas e as máscaras de pano verde, sorriram, cumprimentaram e beberam cerveja. Duas eram um pouco enrugadas e tinham dentes cariados. Mas a mais jovem não era feia. Uma bunda dura, seios pequenos, magra, e com o rosto aceitável. Tudo bem. Beberam mais cerveja, e começaram a dançar. Dançar *casino*, claro. Do melhor, do perfeito. Umas vezes com música do rádio, outras com os compressores. Estava anoitecendo. Os compressores funcionavam e não se ouvia a música, mas as mulatas e os negros continuavam dançando. Por inércia. Dançavam com o ronco dos velhos compressores, e se divertiam naquele porão úmido, fedendo a mofo e baratas, cheio de compressores e encanamentos, quase sem luz, mas a cerveja era interminável. Bem gelada. Ah, sim, como a vida era boa! Alguém enrolou dois baseados, que circularam. Uhmm, muito bom. Erva saborosa de Baracoa. Mais dois baseados. E circularam. E mais cerveja. A erva e a cerveja subiram à cabeça das mulatas. Começaram a tirar a roupa. Suavemente. Provocantemente. Sem pressa. As três. Ficaram de calcinha. Rei ficou absorto, olhando a mais jovem. As outras duas já haviam parido e estavam com os peitos e a barriga um pouco flácidos. As bundas, sim, eram inesquecíveis. Duras e muito bem-feitas. Ahh. Teve uma ereção formidável. Quando olhou de lado, os cinco negros batiam punheta, suavemente, sem pressa. Todos bêbados. Delicioso! Aquela gente era fora de série! Ele também tirou para fora o material. As mulatas continuaram dançando sensualmente, admirando

as esplêndidas pirocas escuras. Se aproximavam, acariciavam uma ou outra. Tiraram as calcinhas. Ficaram totalmente nuas. Os negros ficaram loucos e queriam meter ao mesmo tempo os cinco paus nas três bocetas. Mas evidentemente era impossível. Elas resolveram experimentar. Talvez fosse possível. Rei ficou se masturbando suavemente, sem pressa, observando. Uma das mulatas tomou a iniciativa:
— Não, quero ver, dentro não, dentro não. Solta na minha barriguinha, vai. Aqui nos peitos.

Não conseguiram aguentar mais. Era demais. Um soltou seu sêmen todo na barriga e no peito daquela que tinha pedido. Os outros dois não conseguiram aguentar mais e ahh, muita porra. Cinco varas gozando ao mesmo tempo em cima de três ventres. Rei se conteve mais. Os outros acabaram e então Rei se levantou, batendo depressa. Os compressores chiavam e zuniam. Não se escutava nada. Rei fez sinal para ficarem uma ao lado da outra. Estava com os olhos apertados, elas também. A orgia da porra. As três esfregavam a porra que lhes escorria pela barriga. Então, Rei disparou seu jorro. Um pouco para cada uma. Como uma metralhadora. Forte. Potente. Ah, que bom. Todos respiraram fundo. Guardaram as varas. As mulatas se vestiram, muito alegres, todos rindo. E continuaram bebendo. A cerveja estava gelada. E gostosa. Muito gostosa.

Foi uma grande bebedeira. As mulatas e dois sujeitos foram embora. Rei e os outros três ficaram. Até o fim. Procuraram no fundo do tanque. Restavam ainda umas tantas garrafas. Continuaram bebendo. Quando não aguentaram mais, se atiraram por ali para dormir. De manhã, um deles conseguiu acordar, acordou os outros, subiram a escada e foram trabalhar. Chegaram com meia hora de atraso. A linha de produção paralisada. Esperando os estivadores. Dois não conseguiam fazer o trabalho de seis. O diretor da fábrica, furioso, dava ordens cortantes ao velho gordo. Começaram o trabalho com uma grande ressaca, a meio vapor. Chegou um caminhão, mas não conseguiram carregá-lo. O velho gordo, assustado, pediu que fosse embora vazio o quanto antes. O diretor continuava andando para lá e para cá e dando ordens. Perguntou o que era aquele caminhão. Responderam qualquer coisa e ele acreditou. Tudo bem. A linha de produção começou a andar mais depressa. Tudo melhor. O diretor foi embora. Ao meio-dia, durante o almoço de arroz com feijão, o velho gordo se aproximou deles. Estavam arrebentados de ressaca e com dor de cabeça.

— Rei, o que aconteceu essa noite no porão?
— Nada.
— Como nada?
— Nada.
— Rei, eu sei o que aconteceu. O diretor me pediu para mandar todo mundo embora hoje mesmo. Rei, use a cabeça. Eu não quero mandar ninguém embora, mas vocês não podem aparecer às oito e meia, bêbados.
— Bêbados, não.
— Bêbados, sim. Não posso trabalhar com gente que me dá prejuízo. Não vou mandar vocês embora, mas isso não pode acontecer de novo. Oquei?
— Oquei.
— Bebam quanta cerveja quiserem. Aqui todo mundo bebe muito. O dia inteiro bebendo. Mas um homem tem de saber beber. Nada de andar de quatro. Oquei?
— Oquei.

Durante a tarde, Rei trabalhou a meia boca. Os negros boxeadores tinham se recuperado, e jogavam as caixas de garrafa como se fossem bolotas de papel. Rei parecia um rato envenenado. Por fim soou a campainha, às cinco da tarde. Rei saiu com o tropel dos operários pela porta principal. Os homens discutiam beisebol: "Omar Linares tinha de estar lá. Nãnãnão, sempre os mesmos. É, mas esse resolve". Rei nunca tinha visto uma partida de beisebol. Uma noite dessas era capaz de ir até o estádio Latinoamericano. Não seria má ideia. Ver se entendia alguma coisa. No fundo, não lhe interessava, mas quem sabe? Bom, ufa, agora só queria dormir um pouco. Alguém pegou sua mão. A mulata bonita caminhava a seu lado, sorridente:

— O que você vai fazer agora? Hoje não tem festa no porão? Hahaha.
— Eu vou dormir. Estou morto depois de ontem à noite.

— Ah, não diga isso... você não é frouxo assim, não.
— Você foi embora, mas a gente continuou até o fim.
— Quantas cervejas você tomou?
— Trezentas.
— Mais o fumo.
— Uhm.
— Como você se chama?
— Rei. E você?
— Yunisleidi.
— Bom, Yuni, vejo você amanhã.
— Não, nada de amanhã. Venha comigo, vai ver como eu acabo com seu cansaço.
— *Mamita*, você é uma gracinha, mas...
— E você é um tremendo de um louco. Sabe aonde vou levar você?
— Não.
— Então. Por que não quer? Vamos.

Subiram no camelo, em La Polar. Aos empurrões conseguiram subir. Desceram no parque de La Fraternidad. Durante todo o trajeto, Yunisleidi foi abraçando, beijando e esquentando Rei. Ahh. Que maravilha, cara! Do que está reclamando, Reinaldito? Com uma mulata de luxo e reclamando?

Yunisleidi havia alugado um quarto num terceiro andar da rua Monte. Pequeno, mas fresco, com uma varanda para a rua e um pequeno banheiro. Uma torneira de água, um fogãozinho de querosene. Tudo muito limpo. Rei percebeu que ela não era *habanera*. Falava com um sotaque simpático.

— De onde você é?
— De Las Tunas.
— Ah.
— Aluguei aqui com meu irmão, mas ele está na dele e não me ajuda nada. Às vezes, passa dois, três dias sem aparecer. Você é *habanero*?
— Uhmm.
— *Habanero, habanero?*
— Uhm, uhm.

— E tem carteira de identidade com endereço de Havana?
— Você é da polícia, é?
— *Titi*, se você fosse de fora eu não aguentava. Já basta eu.
— Eu sou *habanero*. Legítimo.
— Ai, ainda bem, porque em Havana ninguém é de Havana.
— O que você quer?
— Tenho de sair dessa fábrica. Me dá uma ajuda na noite...
— No quê?
— Com a polícia. Já me conhecem. E faz só um mês que eu estou aqui. Se eu paro no Malecón, na frente do Riviera, em qualquer lugar, já dão em cima de mim, enchendo, se eu sou puta, se isto, se aquilo. Já tenho três advertências e estão para me mandar de volta para Las Tunas.
— Menina, você fala de um jeito, pooorra... O que você quer?

Yunisleidi o abraçou, beijou, tirou a roupa dele, jogou-o na cama, admirou as lindas perlonas na cabeça do seu pau, chupou por todo lado, ficou louca com aquelas perlonas prodigiosas. Ela mesma enfiava e tirava de todos os buracos possíveis. Genial. Simplesmente genial. Se entregava com alma, coração e vida, feito uma vaqueira, e gritava:

— Ai, vou ficar apaixonada por você, bandido! Trepa comigo todo dia! Você é um louco! Um louco! Aiii, essas perlonas me deixam maluca, está acabando comigo, mete mais, mais, mais, até o fundo, *titi*!

Uma grande loucura. Yunisleidi era alegre, comunicativa, amorosa, tinha um filho de três anos em Las Tunas. Quem cuidava dele eram os avós. Ela mandava dinheiro. Mas que nada, se não contasse, parecia virgem. Falou do irmão:

— Viemos os dois para Havana porque lá a gente estava morrendo de fome. Viemos batalhar aqui. Ele é puto. É um maluco. Não sei como tem coragem. Rei, outra noite meu irmão trouxe uma bicha velha não sei de onde, porque eu não entendia nada do que ele dizia. Mas meu irmão sim, ele entendia. Disse que topou com ele no Nacional. O velho de cabelo branco. Ficou trepando com ele mais de duas horas. Não sei como pode... argh... que estômago.

— Não se faça de santa. Você também trepa bem.

— Não é a mesma coisa. Eu abro as pernas e fecho os olhos. Mas o homem tem que... a verdade é que aquele velho deu cem dólares para ele.

— Cem?

— Queria pagar cinquenta, mas meu irmão arrancou mais cinquenta. Se o velho não soltasse a nota, Carlos descia o braço nele. Todos os meus irmãos são iguais. Brutos, selvagens...

— Quantos são?

— Nove. Eu sou a única mulher. E Carlos é o mais civilizado. Pelo menos foi à escola e... bom... sabe falar e tudo...

— Yuni, não fale tanto que me deixa tonto. Ponha música.

Yunisleidi ligou o rádio. Salsa. Muita salsa, e se vestiu um pouco: um shortinho e um bustiê mínimos, mínimos. Dava para ver um pedacinho dos bicos dos peitos e uma quarta parte das nádegas. Era um crânio aquela mulata. Desceu para buscar rum e cigarros. Trouxe um puro para Rei:

— Gosto de homem que fuma charuto. Dê-lhe charuto e dê-lhe rum. Gosto de ver você bem macho e de eu ser a sua fêmea, e que você trepe comigo dez vezes por dia. E ser sua puta. Vou trabalhar pra você, *papi*. Vou botar você vivendo feito um rei.

— Sabe como me chamam?

— Como?

— O Rei de Havana.

— Tinha de ser. Mas você vai ser meu rei. Meu rei particular. Tem uma pica de ouro. E eu vou viver pra você, *papi*. Estou apaixonada por você feito uma cadela. Você é uma loucura...

— Chega, Yuni, chega. Não seja enjoada. Deixa eu ouvir a música.

— Quer que eu faça uma comida? Tem pão e ovo. E vou lavar essa roupa sua. Quero você sempre limpo e perfumado.

Abraçou-o de novo, deu-lhe beijos:

— E quando a gente juntar uns pesos, compro pra você uma corrente de ouro, um anel e um relógio, e bastante roupa. Você vai ser o meu rei, menino, você vai ver.

— Yuni, já chega, não fale mais nada, porra! Que melosa!

— E isso é ruim? É ruim ser melosinha com meu maridinho lindo?
— Uhmmmm.
Yunisleidi fez ovos fritos. Lavou a roupa de Rei. Limpou o quarto esmeradamente. Passou um pouco de roupa. Tomou banho. Esmaltou as unhas. Era um redemoinho incansável e estava encantada de ter um macho para brincar de casinha. Cantarolava alegre, sorridente, ao som da salsa do rádio. Ah, dá para ser feliz com tão pouco, o cérebro em baixa, poucas revoluções por minuto. A boa vida. Yunisleidi rodeando Rei, como uma mariposa noturna fascinada pela luz:
— O banho já está pronto. Tome banho. Ponha uma roupa do Carlos e vamos.
— Pra onde?
— Pro Malecón, para os hotéis, por aí. Vamos, não dá para ficar trancado aqui. Tem que ir pra rua batalhar os dólares. Vá, tome banho.
— E eu tenho de tomar banho?
— Claro, *chino*, está suadinho do trabalho, da trepada... ai, *papi*, acho que as pessoas não tomam muito banho em Havana... em Las Tunas...
— Não tem água em Havana.
— Como é que tem água aqui?
— Sorte sua. Eu nunca morei em lugar nenhum que tivesse água.
— Bom, tome banho. Eu em Las Tunas tomava dois, três banhos por dia...
— Sei, sei, porra, chega disso. Vou tomar banho.
Rei entrou no banheirinho diminuto. Yuni lhe deu uma toalha, roupa limpa. Nesse momento, bateram na porta. Era Carlos, um exemplar perfeito do macho do Leste: alto, musculoso, forte, de voz grossa, pelos no peito, cabelo preto crespo, queixo quadrado, mãos imensas, uma grossa corrente de ouro com medalhão de santa Bárbara. Estava acompanhado. Um marinheiro jovem, branco, muito magro, tripulante de um buque-escola ancorado no porto. Falava um pouquinho de espanhol e seus olhos brilharam quando viu Yunisleidi tão vaporosa, quase sem roupa. Estavam meio bêbados e se

serviram de mais rum. Carlos nem olhou para Rei. Ignorou-o. Rei não abriu a boca. Manteve-se à parte. O marinheiro, Carlos e Yuni beberam, sorrindo, conversando por gestos na varanda. Minutos depois, Carlos perguntou ao marinheiro:

— Gostou?

— *Sí.*

— Trepa com ela. Cama. Aí, vocês dois...

— *How much? Cuánto?*

— Depois a gente acerta. Tem dinheiro?

— *Ahn?*

— Dinheiro, grana, *dollars, dollars*, tem?

— *Oh, yes. Oh, sí.*

— Vá, Yuni. É seu. Deixe ele maluco que eu cuido do resto. E esse cara?

— Aai, Carlos, não mexa com o Rei que ele é meu marido.

— Você todo dia arruma marido novo, vá... manda ver aí.

— Desçam, desçam um pouquinho. Depois eu chamo os dois.

Yuni já estava tirando a roupa do marinheiro. E dava instruções aos dois homens.

— Com este pato aqui não demoro nem quinze minutos. Desçam e tomem um rum.

— Yuni, você é meio trambiqueira. Não quero descer o braço em você. Me chame pra *eu* cobrar. Certo?

— Certo, Carlos, certo. Vá, desçam.

Rei e Carlos desceram. Resolveram comprar outra garrafa de rum e sentar na calçada para beber tranquilamente, debaixo da varanda. Depois de beber uns tragos, já estavam amigos. Carlos tomou a iniciativa:

— Não dê muita bola para a Yuni. Desde menina ela é assim. Fica apaixonada e se apaixona todo dia. Quando tinha oito anos ficou apaixonada por um vizinho da gente, lá no interior. Um homem de quase cinquenta anos. Foi um inferno porque o sujeito queria que meus pais dessem ela para ele acabar de criar e depois casar.

— Porra, com oito anos?

— Yuni sempre foi mais quente que ferro de passar roupa. Bom... meu pai não queria, mas ela foi assim mesmo e viveu com o cara dois anos. Parou de ir à escola. O tempo todo enfiada na casa do vizinho.

— Mas...

— Não, aqui em Havana não tem disso, mas no Leste é outra coisa. Lá é normal. Minha mãe começou com o meu pai quando tinha dez anos. Ela com dez, ele com trinta. E tiveram nove filhos. E estão lá os dois, inteiros e bebendo rum e puxando fumo, hahaha. Você nunca foi para o Leste?

— Não.

— Ah.

Em menos de meia hora beberam a garrafa inteira. Pilequinho bom. Carlos suspirou.

— Ô *habanero*, vamos subir, porque Yuni está demorando demais. Era para ser uma trepada, mais nada. Vamos ver o que os dois estão fazendo.

Subiram, cambaleando um pouco, escada acima. Bateram na porta. Yuni abriu. Estavam nus. O marinheiro bêbado em cima da cama. Yuni se cobriu com um lençol e cochichou para Carlos:

— Ai, ele não fica de pau duro. Não conseguimos fazer nada.

— Pois que pague e vá embora. Eu vou acabar com a bebedeira dele.

Foi falar e fazer. Carlos era um sujeito impetuoso e sempre brutal. Não sabia agir de outro jeito. Saía-lhe fogo pelos olhos. Foi até a cama, pegou o rapaz pelos ombros e sacudiu:

— Ô, você está me devendo cinquenta dólares. Pague, vista a roupa e vá embora.

— Ahnn?

— Cinquenta dólares. Dólares. Pague e vá embora.

— Ahn?

O jovem, com os olhos semiabertos, tentava entender por que o sacudiam. Por fim compreendeu:

— *Yo no. Nada de sexo. Yo no.*

— Pois pague. Cinquenta. Dólares. Vá, porra, não me faça perder a paciência. Pague.

— *Nada de sex. Rien de sex. Nothing, nothing.*

— Cinquenta, cinquenta *dollars*.

— *No money, rien de sex, niente, niente.*

Tentou se levantar para pegar a roupa. Carlos o atirou no colchão com uma daquelas mãozonas dele. E foi até a roupa do marinheiro. Cambaleando um pouco. Estava bêbado. Achou a carteira: sete dólares e uns trocados, dois preservativos. Jogou tudo no chão:

— Ah, esse cara estava me gozando. Está fodido!

Partiu para cima do marinheiro e lhe deu uns sopapos:

— Olha aqui, descarado, me arruma cinquenta dólares senão eu arrebento a sua cara. Não acha que é muito fraquinho pra me gozar desse jeito?

O marinheiro reagiu e pediu com gestos que esperasse um pouco. Levantou-se, enjoado, desequilibrado, foi até a roupa, e do bolso da camisa tirou um canivete. Abriu a lâmina e partiu para cima de Carlos. Era cômico: um sujeito magrelo, branco como papel, fracote, completamente nu, tentando atacar com um canivete aquele troglodita. Tudo aconteceu em segundos. Carlos lhe deu um pescoção que jogou o sujeito em cima da cama e o fez perder a lâmina. Carlos não lhe deu tempo para se recuperar. Com muita fúria se jogou em cima dele, enrolou-o no lençol, carregou-o como se fosse algodão-doce e jogou-o da sacada para a rua.

Yunisleidi e Rei ficaram boquiabertos. Yuni falou:

— Aai, Carlos, o que você fez?

— Ninguém goza de mim. É um bosta.

— Carlos, você matou o cara!

— Você acha?

— Como acho? Carlos, você matou o cara! Vai ter de ir embora daqui, e já!

Yunisleidi se vestiu num minuto, pegou a bolsa e dirigiu a operação: saíram para o corredor. No fundo havia uma janela. Pularam dali para a cobertura do edifício vizinho. Correram. Pularam uma varanda e caíram em outra cobertura, cheia de escombros, de um edifício muito destruído. Havia uma escada desimpedida. Desceram por ali até a rua. Saíram a vinte metros do marinheiro despencado na larga calçada da rua Monte. Muita gente em volta. Não conseguiram vê-lo. Os curiosos se aproximavam às dezenas. Eles continuaram andando depressa para a estação de trem. Estavam muito assustados e a bebedeira havia passado. Um trem partia para Guantánamo dentro de duas horas. Carlos nem pensou:

— Yuni, vamos voltar para casa.

— Não. Rei e eu vamos para Varadero. Vá você para casa e dê um tempo. Não apareça em Havana por um ano pelo menos.

Yunisleidi abriu a bolsa e lhe deu dinheiro. Beijaram-se no rosto, como bons e doces irmãos.

— Se cuide, Carlos, não faça muita loucura.

— Você se cuide também. *Habanero*, cuide dessa menina.

— Uhm.

Yunisleidi e Rei ficaram toda a madrugada escondidos num edifício em ruínas perto da estação. De manhã, procuraram algum jeito de ir para Varadero. Nada. Na praia só deixavam entrar os táxis estatais, muito caros.

— Além disso, não vão deixar vocês entrarem — lhes disse um taxista.

— Por quê?

— Tenho de deixar vocês na ponte e dali não vão deixar vocês passarem... pô, não é que vocês tenham cara de bandido nem nada, mas... sabe como é...

Por fim, conseguiram ir até Matanzas. Yunisleidi falou com um caminhoneiro. Ela foi na frente, na cabine. Rei atrás. O caminhão estava transportando areia. Na cabine alguma coisa aconteceu umas duas vezes. O caminhão parou na beira da estrada e dava para escutar o motorista resfolegando: "Uhm, melhor nem ir ver", ele pensou, incomodado porque tinha areia até no cu. Em Matanzas o sujeito os levou a um amigo dele, motorista de uma betoneira. Ele pediu dez dólares. Yuni ofereceu cinco. Está bem, cinco. Enfiaram-se dentro da caçamba da betoneira. Claro que lá dentro tinha restos de cimento e de areia secos. Nada cômodo. O caminhão parou na ponte levadiça. Controle, inspeção, tudo bem. A ninguém ocorreu olhar dentro da caçamba. Seguiram em frente. O sujeito os deixou na Quarenta e Dois. Cobrou os cinco dólares e tchau, se encontrei vocês nem lembro mais.

Rei achou bonito o lugar. Pelo menos tinha o mar e pouca gente. Yunisleidi, muito decidida, foi direto para uma das casas próximas.

— Yuni, você conhece isto aqui?

— Claro, Rei. Mas a polícia sempre me pega.

— E soltam?

— Três vezes me soltaram, com carta de advertência e aquela merda toda. Esta é a quarta. Se me pegarem, me jogam no xadrez.

— E o que você vai fazer?

— Não faça tanta pergunta.

Foram para a casa de uma negra gorda e forte, com cara de matrona experiente.

— Meu amor, você sabe que aqui só ficam as menininhas. Não posso alugar nada para um homem.

— E o que é que eu vou fazer? É meu marido. Largo ele na rua?

— Filhinha, marido fica em casa com os filhos. Puta não pode andar com marido a tiracolo, hahaha.

Nenhum dos dois achou graça na piada. Finalmente concordaram que por uma diária de três dólares ela hospedava Yuni num catre, num quarto grande junto com outros nove catres e suas respectivas meninas. Rei ficaria em outro catre, colocado no corredor, no fundo da casa. Yuni fez as contas. Tinha o suficiente para pagar dez dias. Mas pagava por dia, nada de adiantamento. Oquei. Descansaram um pouco. Às dez da noite saíram. Deram um passeio de reconhecimento pela avenida Primera, perto dos hotéis. Yunisleidi tinha tomado banho. As colegas lhe emprestaram perfumes, cosméticos, uma blusa transparente. Estava linda e deliciosa como uma tortinha de chocolate. Rei, como sempre, com seu aspecto de falta de asseio e os olhos abertos e pasmos. Não conseguiram nada. À uma da manhã, extenuados, foram para a pista do Mar del Sur. Havia lua cheia e uma boa brisa. Umas poucas nuvens escuras corriam para o sudeste. A noite azul. O mar escuro e prateado, tranquilo e infinito, refletindo a lua. Tudo calmo e silencioso, com um cheiro bom de sal e iodo, de marisco e alga. Foram até a beira da água. Os enormes poliedros de quebra-mar pareciam brinquedos gigantescos. Em cima de um deles havia umas dez ou doze gaivotas brancas pousadas. Aparentemente dormindo. Não se mexeram quando eles chegaram perto. Ao longe, as chamas alaranjadas do gás dos campos de petróleo davam uma iluminação adicional e um pouco sonhadora. Um buque, apenas visível, saía lentamente do porto de Cárdenas. Sentaram-se junto à água, silenciosos, olhando aquele panorama estranho e brilhante. Um ou outro carro passava veloz pela estrada, e de novo o silêncio e o leve rumor das ondas na praia. Ficaram um pouco sem falar. Rei rompeu o silêncio:

— Que porra estou fazendo aqui?

— Você? Você é meu marido e tem que cuidar de mim.

— Eu preciso é que alguém cuide de mim.

Um cardume de sardinhas aproximou-se da praia. Saltavam para a superfície. Pequenos fios prateados reverberando na água. Milhares de cápsulas prateadas saltando, quase ao alcance da mão, brilhando. Uma nuvem densa e negra cobriu a lua por um instante. Ficou tudo escuro de repente e as sardinhas, assustadas, talvez, mergulharam e desapareceram. A nuvem passou e tudo voltou a ficar lindamente azul e refrescante.

— Rei, por que não tomou banho e mudou de roupa hoje?

— Não tenho roupa, não gosto de tomar banho nem que peguem no meu pé. Eu faço o que me dá na telha.

— Não é pegar no pé, *papito*. Neste negócio, tem de estar limpo e apresentável, *chinito*.

— Tá, tá.

— Tá, tá, não. Aparece uma turista, gosta de você e pronto, você ganha o seu pão. Cinquenta, cem dólares. E se tiver sorte ela se engraça com você e leva para o país dela. Aí, sim, é que você vai ganhar o pão de verdade.

— Pare de sonhar. Eu não estou a fim disso.

— Está a fim do quê, menino? De passar fome e viver fodido sempre sem um tostão?

— Eu sempre fui fodido, Yuni. Não queira me consertar.

— Bom, você que sabe. Amanhã vou ver um coreógrafo amigo meu, do hotel Galápagos. Se entrar para ser bailarina no cabaré do hotel, ninguém mais me tira de Varadero até aparecer um turista que case comigo e me leve embora, para viver bem.

— Uhm.

— Rei, não gosto de ver você assim, tristonho. Amanhã você tem de tomar banho e vou comprar uma coisa nova para você. Nem que seja um short, uma camiseta e uma sandália de borracha. Então vê se levanta a cabeça, dá uma risada.

— Eu não sei que porra estou fazendo aqui com você. Eu nem toquei naquele marinheiro. O problema não é meu.

— Ai, Rei, por favor, nem fale nisso. Esqueça o marinheiro. Eu vivia tão bem naquele quartinho. E junto com você ia ficar melhor ainda.

— É que o seu irmão...

— Meu irmão é um fodido. Passa dois dias bem e depois seis meses sem nada. Não se arranja. Vamos ver se agora toma jeito, e se ele se enfia no campo colhendo café pelo menos um ano, até a coisa esfriar.

Saíram andando abraçados, se beijando, muito contentes de estar juntos. Chegaram à casa onde estavam hospedados. Yunisleidi entrou no quarto das meninas e se deitou. Rei abriu seu catre, pôs no corredor no lugar que a velha matrona tinha indicado, e dormiu feito uma pedra em menos de um minuto.

No dia seguinte, acordou ao meio-dia. Yuni já tinha saído. Esperou por ela o dia inteiro. Não apareceu. Veio a noite. Às onze horas, não conseguia mais aguentar de fome. A velha matrona o viu sentado no catre, esperando, e chegou perto:

— Se vai ficar esta noite tem de pagar agora. Isto aqui não é asilo da Cruz Vermelha.

— Yuni já vai voltar. Ela paga.

— Não. É um e cinquenta. Você não tem com que pagar?

— Não.

— Eu conheço essa menina. Faz sempre a mesma coisa. Desaparece de repente.

— É que ela ia ver um negócio com um...

— Espere na rua. Quando ela voltar, vocês pagam e entram.

Rei não respondeu. Foi sentar na calçada. Não tinha nem um centavo no bolso. A mesma coisa de sempre. Nada de novo. Pensou: "E aqui, com esses turistas tão esquisitos, não dá nem para pedir esmola, e não tenho nem um santinho". Levantou-se mecanicamente e saiu andando na direção do hotel Galápagos. Edifício impressionante. Oito andares, iluminado, elegante, jardins, fontes, carros de luxo, porteiros de casaco vermelho e enfeites dourados. Jamais poderia chegar perto de um lugar assim. Não conseguia nem imaginar como seria por dentro. Procurou um lugar para dormir, num canto do jardim, debaixo de umas amendoeiras. Os mosquitos o assolavam. Milhares de mosquitos e maruins se alimentavam dele. Mas nem isso o despertou. Quando abriu os olhos, o sol estava alto e quente. Um jardineiro regava os canteiros de flores, com uma linda mangueira branca e vermelha. Até os jatinhos de água em espiral eram bonitos e agradáveis. Tudo muito lindo. Cumprimentou-o. O jardineiro só olhou para ele. Continuou concentrado em suas flores. Lindas. Quinhentas grandes flores em menos de um metro quadrado. "Uhm. Tudo é possível onde tem muito dinheiro", Rei pensou. Levantou-se e foi até ele:

— Amigo, me jogue um pouco de água na cara.
— O que você está precisando é de um banho completo, com sabão e bucha. Sai pra lá que você deve ter piolho.
— Não, não. Não tenho mais.
— Hahaha.

Rei se enxaguou um pouco e ficou observando o sujeito. Depois, teve uma ideia:

— Rapaz, será que tem trabalho pra mim aqui?
— Pra você? Acho que não.
— Por quê? Eu sou forte. Já trabalhei de estivador, de...
— É, mas aqui tem muito requisito. É zona de dólar.
— O que é isso?
— Zona de dólar. Você não é deste país?
— Acho que sou.
— Acha.
— Uhm.
— Ah.
— Que requisito?
— Bom, tem de ter diploma universitário, ser militante, ter menos de trinta anos, falar outra língua.
— Porra!

— No mês passado abriram cem vagas e se apresentaram mil e trezentos candidatos. Todos com esses requisitos. Vieram do país inteiro.
— Vaga de quê?
— De tudo. Eu sou engenheiro civil, com sete anos de experiência. E falo inglês e francês.
— Engenheiro cuidando de jardim? Isso eu consigo fazer.
— Vá, vá! Você aqui não tem chance. Vai se mandando que aqui não deixam você nem botar os pés.
— Tá, eu vou, mas... porra, é que estou com uma fome que não aguento mais.
— Não, não, aqui não tem nada pra você. Vá embora. Se a segurança do hotel pega você, dão umas porradas.
— Onde fica o lixo?
— Se pegam você fuçando no lixo... bom, você que sabe. São aqueles contêineres ali, mas eu não disse nada, hein? Olha lá.
— Porra, amigo, me dá uma chance.
— Amigo coisa nenhuma. Nem olhe mais para mim.
Rei foi até o lixo, mas lembrou de uma coisa e voltou:
— Rapaz, deixe eu perguntar uma coisa.
— Ah, não me enche o saco!
— Você conhece uma mulatinha muito bonita que é bailarina aí?
— Essa gente eu não conheço.
— Se chama Yunisleidi.
— Não conheço ninguém que trabalha lá dentro. Meu negócio é aqui fora. Vá embora e não enche mais o saco.
Rei foi até os contêineres. Tentou abrir um, mas não conseguiu. Um jovem vestido de branco vinha vindo com um balde de lixo, e quando percebeu suas intenções o tocou dali:
— Fora, fora, aqui não tem nada para você.
— Estou com fome, deixe eu procurar alguma coisa.
— Procurar nada. Vá, some daqui senão eu chamo a segurança do hotel.
Rei teve de ir embora. Depressa. Poucos passos depois, encontrou um gorro branco com o símbolo DRYP em verde. Igual a uma

bandeira enorme que tremulava no alto de um mastro, bem no meio do jardim. Os donos de toda aquela beleza. "Uhm, que bonito, porra, que sorte eu estou hoje", pensou, e se calou, muito orgulhoso de participar de modo tão rutilante daquela empresa. Atravessou o jardim. Foi até a estrada. Nesse momento lhe ocorreu voltar e ir até a praia. Quem sabe algum turista lhe dava alguma coisa. Aproximou-se com cuidado, andando entre as trepadeiras e as amendoeiras. Fora tão ameaçado naquela manhã que era melhor andar na ponta dos pés. Disfarçando, passou entre uns coqueiros e umas dunas, e ficou fascinado. Nunca tinha visto uma praia tão bonita, com a água verde-esmeralda, o mar tranquilo e brilhante, tudo plácido. Uns poucos turistas tomando sol e: "Porra, essas mulheres estão com os peitos de fora! Caraaalho! Que peitos mais lindos! Está na cara que aqui não tem cubanos. Se aqueles fodidos de Centro Habana aparecem por aqui, passam o dia tocando punheta". Não se deixou hipnotizar pelas tetas europeias. Desligou-se daquilo e observou melhor. De fato: uns policiais praianos, de short, tomavam conta da área. Na verdade, teve vontade de pular na água. Pela primeira vez na vida sentiu vontade de se molhar. Era um lugar tão lindo como nunca tinha visto. "Pra trás, Rei, pra trás", pensou. E se retirou com muita cautela. Entre as árvores havia um pequeno café. Ali teve sorte. Foi por trás. Não havia ninguém. Abriu os latões de lixo e encontrou com facilidade restos frescos e abundantes de pizzas e sanduíches, e um pedaço de linguiça um pouco podre, mas apetecível e nutritivo. Engoliu rápido aquilo tudo e foi embora tranquilamente, sem ser incomodado. Feliz e satisfeito.

    Sentiu-se muito bem com aquele almoço e resolveu arriscar de novo. Queria ver a praia e consolar-se um pouco. Repetiu a operação de aproximar-se pouco a pouco, entre amendoeiras, coqueiros, trepadeiras. Acomodou-se numa sombra. Os policiais estavam longe. Não havia peitos à vista. Mas a praia era incrível. Recostou-se num tronco e ficou dormindo placidamente durante quatro horas. Quando acordou, haviam deixado uma tentação a apenas dois metros de seu esconderijo. Uma toalha enorme na areia, com umas roupas em cima, um par de tênis, frascos de creme, uma garrafa de rum envelhecido, copos. Três pessoas brincavam na água, a sessenta metros dali. Pensou depressa: "A toalha com tudo? As roupas e o tênis? O rum?". Esperou uns minutos. As pessoas, bem distraídas na água. Aproximou-se quase se arrastando na areia. Pegou a roupa e os tênis e voltou. Observou. Ninguém o viu. Um pouco nervoso, afastou-se dali. Era uma zona muito tranquila. Tirou a roupa suja e vestiu a bermuda bege, uma camisa praiana muito fresca e os tênis azul-marinho que pareciam feitos para ele. Tudo de excelente qualidade. Mas, como se sabe, o hábito não faz o monge. Apesar de todo aquele vestuário novo e distinto, Rei continuava parecendo o mesmo mulato morto de fome, magro, desnutrido, com a pele dos braços e das pernas coberta de bolhas e furúnculos de pus das picadas dos mosquitos e maruins, o cabelo desgrenhado e sujo, os olhos remelentos e, sobretudo, aquele ar de susto e desamparo, temeroso de levar um pontapé na bunda a qualquer momento.

Mesmo assim, Rei se sentia melhor. Fedendo a suor, mas bem-vestido. Pelo menos de longe não parecia um mendigo e os policiais não o perseguiriam tanto.

Decidiu fazer uma última tentativa de encontrar Yunisleidi. Foi até a casa. A velha matrona o viu bem-vestido e, muito sorridente, examinou-o de alto a baixo. Tentou ser agradável:

— Yunisleidi não apareceu, mas se quiser posso alugar para você sozinho.

— Não tenho dinheiro.

— Com essa roupa e não tem dinheiro?

— Uhm.

Estava entardecendo. E fazia uma boa fresca. Rei saiu andando para a ponte levadiça. Atravessou para o outro lado. Os policiais estavam ocupados com alguém que queria entrar. Nem olharam para ele. O problema era entrar. Continuou andando pela beira do canal e deixou para trás o Red Coach, o Oasis, anoiteceu. Carbonera, os campos de sisal. Continuou andando. A lua cheia apareceu e ficou tudo azul. Na costa, a espuma branca contra os recifes, o rumor suave da maré. Rei parou algumas vezes para descansar. Sem pensar. Não tinha nada em que pensar. Nunca sentia necessidade de pensar, de tomar decisões, de projetar ir para cá ou para lá. Apenas caminhava na fresca, pela grama da borda da estrada, vendo a noite azul, o mar azul, a tranquilidade do infinito. E continuou andando. Deixou para trás Camarioca, o farol de Maya, Canímar. Quase ao amanhecer, chegou a Matanzas. Não conhecia aquela cidade. Não lhe dizia nada. Podia continuar e chegar até Havana a pé. Mas não foi necessário. No meio da manhã, um caminhão recolheu diversas pessoas na avenida de Tirry, em frente a um velho casarão com o número oitenta e um. Uma senhora loira e sorridente, aparentemente desalinhada de amor, apareceu entre as persianas francesas. Por um instante se olharam nos olhos, mas tudo se limitou a esse fugidio raio de luz entre duas pessoas que se tocam com o olhar, pressentem um leve tremor em seus respectivos campos magnéticos, e cada um segue seu caminho. As premonições nem sempre se cumprem.

Rei subiu no caminhão sem perguntar nada. O chofer começou a cobrar: dez pesos até Havana. Subiram mais quatro pessoas. Mais duas. Fazia horas que não saía nenhum ônibus para Havana, disse alguém, ofegante e incomodado porque havia chegado correndo da estação de ônibus próxima. Dois policiais se aproximaram. O chofer desceu e conversou com eles muito baixo. Trocaram alguma coisa. O chofer subiu de novo para cobrar. Rei tentou enrolar, mas o sujeito sacou qual era a dele. Negociaram. Rei ficou sem a camisa. Duas horas depois, o caminhão entrava em Guanabacoa, passou pela Dez de Octubre e foi soltando gente pouco a pouco. Cabiam quarenta, mas levava duzentas. "E ainda bem que apareceu isto aqui, a gente estava na estação fazia dez horas", repetiu mais de vinte vezes uma velha gorda que estava sufocando, com falta de ar, pedindo que lhe dessem mais espaço. Alguém gozava da velha, dizendo que não tinha espaço, que devia ter tomado um táxi. A velha gorda respondia que não podia mais fazer a vida. "De forma que estou batalhando igual a você aqui neste caminhão, feito uma vaca." Todos riam com as intervenções da velha gorda. Rei desceu em Cuatro Caminos. Ah, tudo sujo e arruinado. Tudo muito porco. As pessoas desalinhadas, descaradas e barulhentas. As mulatas recém-chegadas do Leste, com suas bundas grandes e tentadoras, dispostas a tudo por três ou quatro pesos. Que bom. Varadero era limpo e bonito demais, tranquilo e silencioso demais. Não parecia Cuba. "O gostoso é aqui, isto aqui é que é meu", disse a si mesmo. O Rei de Havana, outra vez em seu ambiente.

Era meio-dia e a praça do mercado estava fervendo. Rei ficou por ali, dando voltas. Quem sabe não arrumava um servicinho. No setor de animais vivos havia pouco movimento e muito no de carnes. Mas as carnes estavam sob o controle de dois ou três ricaços. Um sujeito gordo, barrigudo, com uma grande corrente de ouro e rosto plácido, olhava em volta. As facas, o cheiro da carne de porco, o sangue, os empregados vociferando suas mercadorias e seus preços. Gostava daquele lugar. Ficar cortando pedaços de carne, dar machadadas nos ossos, quebrar a cabeça dos porcos e enfiar as mãos nas entranhas ainda quentes para tirar os miúdos. "Como eu gostaria de trabalhar aqui e matar três ou quatro porcos todo dia. Uma paulada na cabeça e depois furar o coração deles com um punhal bem comprido, hahaha. Depois esquartejar, o sangue jorrando..." Surpreendeu-se pensando nisso tudo, olhando fixamente o gordo com a corrente de ouro, indo na direção dele. O sujeito era o dono, sem dúvida. Aproximou-se e quase abriu a boca para perguntar, mas ficou impressionado com a força que emanava daquele homem. Era um sujeito alto, corpulento, barrigudo, de roupas limpas, cheio de anéis, relógio, corrente, pulseira. Tudo de ouro maciço. Ouro até nos dentes. O sujeito dominava tudo em volta, sorridente, tranquilo, calmo. Ao mesmo tempo, via-se que era perigoso. Alguém capaz de fazer qualquer coisa sem se alterar. E isso o fazia temível. Nem uma gota de sangue, nem de suor, manchava sua camisa branca impecável e a calça cinza-clara. Outros trabalhavam para ele e suavam e vociferavam e se manchavam de sangue e gordura dos porcos, e via-se que estavam nervosos. Ele sozinho recolhia os lucros e controlava tudo com seu sorriso cínico e distante. Rei engoliu em seco diante daquele senhor. Não se atreveu nem a olhar em seus olhos. Baixou o rosto e continuou andando. O sujeito o ignorou. Era um piolho infeliz. Um esmoleiro de merda.

Rei foi para o setor de trás. O maior. Havia pelo menos oitenta bancas com vegetais. Tudo a preços altíssimos. O público circulava pelos corredores, perguntava os preços, comprava muito pouco ou nada. E continuava olhando e se assombrando com os preços, e passando fome. Um ou outro velho murmurava: "Estão ficando milionários e o governo não faz nada. Isso é contra o povo, tudo contra o povo". Ninguém lhe dava ouvidos. Alguns velhos continuavam esperando que o governo solucionasse alguma coisa de vez em quando. Haviam sido tão malhados com essa ideia que ela já estava geneticamente impregnada neles.

No setor de vegetais também não havia chance. Os negros ocupavam todas as possibilidades de carregar sacos de arroz e de feijão, e canastras de frutas, tubérculos e legumes. Roubou duas bananas de uma banca e comeu. Era difícil. Todos cuidavam muito bem da sua mercadoria. Perguntou a vários vendedores:

— Precisa de ajuda?

— Preciso é vender. Que ajuda porra nenhuma!

Saiu dali. Ao longo da rua Matadero ficavam os camelôs e algumas cartomantes, fumando charutos, com suas saias amplas. Sentadas nos batentes das grandes janelas do mercado. Uma das cartomantes estava sem clientes naquele momento. A outra estava lendo as cartas para uma camponesa e sua filha. Aconselhava as duas, receitava remédios, orações, amuletos, banhos de ervas e madeiras. A camponesa, sua filha, o filho, o marido, todos tinham problemas, muitos problemas. Um monte de problemas para cada um. "Tudo tem jeito. Tudo tem jeito. O morto está dizendo que tudo tem jeito", repetia a negra, e punha as cartas, surgiam os problemas e em seguida as soluções para cada um. A camponesa, preocupada e temerosa. Rei observou. E escutou. "Uhm", pensava. Só isso: "Uhm, uhm". A outra cartomante o chamou:

— Venha cá. Sente aqui.

— Não tenho dinheiro.

— Eu sei que você não tem nem onde cair morto. Mas isto aqui é uma obra de caridade. Sente, tenho de lhe dizer umas coisinhas pra abrir seu caminho.

— Não, não.

— Você tem um morto escuro com corrente. E é isso que está carregando desde que nasceu. Sente que não vou lhe cobrar nada.

Rei seguiu seu caminho. Sentiu medo daquilo. A mulher continuou falando, ainda teve tempo de escutar mais alguma coisa:

— Seu negócio não é fácil. É um morto forte, que arrasta você...

Apressou-se e se afastou daquela negra impressionante, com seus charutos e seus mortos. "Vai tomar no cu! Sai fora!", Rei disse consigo mesmo, e foi sentar em outra esquina. Dois velhos sujíssimos, barbudos, com a roupa rasgada e asquerosa, vendiam tubos de pasta de dentes, lâminas de barbear, dois pacotes pequenos de café. Sentou ao lado deles. Um dos dois perguntou alguma coisa, mas Rei não ouviu. A negra lhe deu medo. "Morto escuro com correntes. Puta que pariu." Levantou-se e continuou dando voltas. Estava com fome. Perguntou a outros vendedores. Ninguém queria ajuda. "Vou ter de roubar uns pães com ovo", pensou. Olhou em volta. Não havia policiais à vista. Podia pegar os pães, atravessar a avenida correndo para a estação de trens e continuar pela Monte acima. Nem pensou. Aproximou-se do lugar. Não havia clientes. Só o vendedor. Mas parou porque ele molhou os lábios nervosamente com a ponta da língua. Quando avançou para os pães com ovo, o vendedor, um branquelo pixaim jovem e ligeiro, já estava esperando, agarrou-o pelos pulsos e gritou: "Polícia, polícia". Rei ficou aterrorizado quando se viu assim preso e juntou forças, empurrou o sujeito, deu um chute na banca e quase derruba tudo, o sujeito o soltou e ele saiu correndo. Não tinha roubado nada. Portanto não era culpado. Seguiu pela Belascoaín acima. Primeiro, pensou em ir ao bairro de Jesús María procurar Magda. Devia ser por volta das cinco da tarde. Em um bar, vários homens bebiam rum e fumavam tranquilamente, olhando as mulheres que passavam pela calçada: negras, mulatas, brancas. Provocantes, com belas bundas, alegres, suando, mostrando o umbigo e as barriguinhas com suas blusas muito curtas e as xoxotas bem marcadas pelas lycras. A luxúria, o desejo, a sensualidade, o suor lhes corria pelas costas, o passo suave ondulando bem as nádegas, os olhares desafiantes. Era um bom lugar aquele. Sujo, destruído, arruinado, tudo despedaçado, mas as pessoas pareciam invulneráveis. Viviam e agradeciam aos santos cada dia de vida e gozavam. Entre os escombros e a sujeira, mas gozando.

Deveria procurar Magda? Era muito cedo. Magda devia estar vendendo amendoim. Continuou andando lentamente pela Belascoaín até o Malecón. Às vezes, gostava de observar. Agora, tinha uma fome do cão. Sem comida e sem dinheiro, teria de observar melhor ainda. Quem sabe aparecia alguma coisa comestível. Chegou ao Malecón. Sentou-se no muro, para tomar a fresca. Como sempre acontecia com ele, tinha tanta fome que não sentia mais. Fazia muito calor, embora o crepúsculo já se acendesse sobre o mar com tintas alaranjadas, cinzentas, vermelhas, rosadas, azuis, violeta, brancas. Só vendo para crer. O sol afundando no mar e todas aquelas cores no céu. Sem camisa, Rei sentia o suor escorrer das axilas e pelas costas até as nádegas. O saco também estava suando e ele todo fedia a bodum forte. Fazia muitos dias que não tomava banho. Cheirou as axilas. Gostava daquele cheiro. Cheirava a si mesmo várias vezes por dia. Ficava excitado de se cheirar. Sentiu uma leve ereção. Mas estava com vontade de mijar. Sentou-se bem na beirada do muro. Tirou a vara meio dura e mijou no mar. Uma mulher que estava beijando o namorado ficou olhando fixamente para ele, fascinada por aquele belo instrumento. Rei percebeu e gostou. Mexeu um pouco o pau. Cuspiu na cabeça para deslizar melhor e se masturbou um pouco em honra de sua admiradora. O homem, de costas, não fazia ideia do que estava acontecendo. Ela segurava a cabeça dele, beijava seu pescoço, e seus olhos se arregalavam olhando a piroca de Rei. Ele tinha se excitado cheirando a si próprio, como fazem os macacos e muitos outros animais, inclusive o homem. E agora tinha uma admiradora entusiasmada que a qualquer momento era capaz de largar o noivo e se aproximar de Rei para completar amavelmente sua masturbação. Mas Rei se lembrou da fome e pensou: "Se eu gozar agora, desmaio, porra!". Guardou o material, olhou uma última vez a jovem fã e saiu andando pelo Malecón, para o porto. Deteve-se um instante e correu os olhos em busca de Magda: o ponto do camelo na esquina de San Lázaro e Marqués González, a porta da capela, a esquina do hospital, o parque Maceo. Olhou devagar. Magda não estava por ali. Estava louco para vê-la, para deitar com ela, beijar-lhe a bunda e mergulhar numa daquelas trepadas loucas que duravam três dias e terminavam quando o pau e a boceta lhes ardiam tanto que tinham de parar senão começavam a sangrar. "Por onde será que anda aquela louca? Com quem estará?", perguntou-se algumas vezes, e em seguida deixou o assunto para lá. Seguiu pelo Malecón, mais dois quarteirões. Não sabia para onde ir. Com fome e sem dinheiro. Sua morte e sua desgraça era que vivia exatamente o minuto presente. Esquecia com precisão o minuto anterior e não se antecipava nem um segundo ao próximo minuto. Tem quem viva dia a dia. Rei vivia minuto a minuto. Só o momento exato que respirava. Aquilo era decisivo para sobreviver e ao mesmo tempo o incapacitava de fazer qualquer projeto positivo. Vivia do mesmo modo que a água estancada num charco, imobilizada, contaminada, se evaporando em meio a uma podridão asquerosa. E desaparecendo.

Sentou-se de novo no muro. O crepúsculo se inflamava ainda mais. O céu, a água, as paredes das casas, as pedras dos recifes costeiros e o líquen verde que os recobria, a pedra de cantaria do El Morro, tudo o que aquela luz tocava se transformava em dourado, rosado, violeta, cores indecifráveis. A beleza o tocava. Nos crepúsculos, nas mulheres, na alegria de viver que pulsava ao seu redor, na música, na presença infinita do mar, no ar saturado de odores. A vida pulsando. E ele alheio a tudo.

No entanto, naquele momento, Rei se sentia bem. Não sabia por quê. Ninguém o havia ensinado a fruir a beleza. Mas aquele era um bom momento. Olhava o mar placidamente e logo fixou os olhos num volume branco que flutuava perto. A corrente e os ventos do norte levaram o objeto até a praia. Era um lençol branco, manchado de sangue seco, bem amarrado. Continha alguma coisa. Seria uma criança morta? Uma mãe que pariu, matou o recém-nascido e jogou na água? Seria um pedaço de alguém esquartejado? Rei olhou em volta. Não havia ninguém por perto. Concentrou-se naquele volume. Tentou adivinhar a forma de uma cabeça, de um braço. Não podiam ser tripas e merda de um porco ou de um carneiro. Ninguém joga fora um lençol. Haviam matado alguém na cama, picado em pedaços e aquela trouxa continha uns pedaços. Estava a ponto de descer das pedras e investigar. O volume já se chocava contra os recifes, flutuando nas ondas suaves. Bastava desatar um nó e descobrir o que continha. Mas reagiu a tempo. Enquanto estivesse fazendo aquilo, outras pessoas se aproximariam. Tão mórbidas quanto ele. Depois viria a polícia. "Não. Que outro ache aquilo. Eu não vi nada", disse para si mesmo, e continuou andando pelo Malecón até o porto. Dois policiais vinham pela calçada na direção dele. Apavorou-se pensando que podiam encontrá-lo perto daquela trouxa com presunto humano. Terror vácuo, mas terror. Atravessou a avenida e continuou caminhando por San Lázaro. Estava anoitecendo. Entrou no bairro de sua infância. De Belascoaín até Galiano. Um sujeito ensanguentado, com uma ferida na cabeça, vinha andando pela rua. Não ia pela calçada. O sujeito foi pela Lealtad até San Lázaro, virou à direita e continuou para Habana Vieja. Era um branco muito magro, com três tatuagens nos braços: um Jesus Cristo, um letreiro que dizia: "Lorensa mãe é uma só", e uma faca gotejando. Tudo muito mal desenhado. Vestia apenas um short velho e desbotado, e sandália de borracha muito gasta. Tinha muito cabelo preto, encharcado de sangue. Levava um trapo preto na mão, talvez um lenço, e secava o sangue que escorria pela testa e o cegava. Estava bêbado ou maconhado, em choque. Andava feito um zumbi, pisando duro, jogando os pés para a frente tonto e duro. Tinha a expressão perdida e levemente sorridente. Todo o corpo manchado de sangue quase coagulado, até os pés. As pessoas olhavam para ele. Só olhavam, sem falar. Era evidente que o sujeito fazia um grande esforço para continuar andando. Quer dizer, a qualquer momento podia despencar no meio da rua. Às vezes se desequilibrava para um lado ou para o outro. Depois se aprumava outra vez e retomava a marcha. Frequentemente olhava para trás, como se alguém o perseguisse, e apurava ainda mais o passo. Num instante sumiu rua abaixo.

Tinha anoitecido completamente. E Rei estava com vontade de mijar. Avançou um pouco, ainda. Olhou para sua casa ou o que fora sua casa. Não queria ver mais nenhuma desgraça hoje. Tatiana cega, Fredesbinda chorando. Não. Entrou num edifício de oito andares na esquina da Perseverancia. Subiu um lance de escada e mijou ali mesmo. Lembrava desse lugar, de sua infância. As pessoas entravam ali para cagar, mijar, trepar, fumar maconha. Se aquela escada falasse, seria uma enciclopédia. Em algum momento, desde que o construíram, em 1927, aquele edifício foi luxuoso, com escada de mármore branco e apartamentos amplos e confortáveis. Só moravam ali profissionais e americanos. Agora, cada dia mais destruído, era um bom mijadouro. Estava quase terminando, soltando o jorro contra a parede, quando de repente apareceu Elenita, a boba. Também lembrava dela, de sua infância. Devia ser quatro ou cinco anos mais velha que ele. Com os olhos perdidos, falava um pouco fanhosa, mas era uma tremenda de uma louca. A boba estava descendo e o surpreendeu mijando. Rapidamente estendeu o braço para pegar seu pau, ao mesmo tempo que se colava ao corpo dele e dizia, com sua voz nasalada e a língua enrolada:

— Ei, aghn aghn, ei...

Rei deixou-a brincar porque tinha boas tetas e ele as sentia apertadas contra seu braço. Aquilo o excitou. Também não perdeu tempo. Meteu a mão dentro do vestido largo e fresco de Elenita. Ah, que pentelhada abundante. Introduziu o dedo. Ah, úmido. Cheirou o dedo. Ufff, que gostoso. Tinha um cheiro suave e apetitoso. Elenita viu que o bicho estava duro, rápida e brutalmente endurecido. E começou a lamber. Naquele instante alguém começou a subir os primeiros degraus. Parece que o elevador estava quebrado. Ao escutar passos, Elenita rapidamente o pegou pelo braço e subiu a escada arrastando sua presa. Subiram até o sexto andar e entraram num pequeno vestíbulo que ao menos os abrigava dos transeuntes da escada. Ao mesmo tempo, estavam a um metro da porta do apartamento de Elenita. Através da porta, suja, quebrada, entreaberta, ouvia-se o televisor e saía um cheiro intenso de merda de galinha. A boba não perdeu tempo. Abaixou-se novamente e retomou sua tarefa lambedora. Descobriu as duas perlonas na ponta da glande e se entusiasmou. Ela mesma introduziu o membro. Tinha uma vagina acolhedora e muito peluda. E bons peitos e boa bunda. Era uma boba carinhosa, beijadora. Gozadora, gemia e suspirava. Mal tinha terminado de introduzir até o fim, teve o primeiro orgasmo. Suspirou e gemeu como se estivessem sozinhos no meio de um morro. Seu marido, também um pouco limítrofe, meio bobo ou meio louco, ninguém sabia ao certo, apareceu na porta, e quase surpreende os dois. Rei mal teve tempo de se encostar na parede do lado oposto. Tinha a voz fanhosa e idiota igual à da mulher:

— Elenita, o que você está fazendo aí? Comprou o cigarro?
— Ughnnn, não, não, estou indo agora.
— E por que está gemendo tanto? O que você...? Está com alguém aí? Eu vou...
— Aghnnnn, não, não, continue dormindo, continue dormindo.
— Não estou dormindo, Elenita. Entre.
— Não. Continue dormindo.
— Entre. Tem um programa ótimo na televisão.
— O que é?
— O noticiário.
— Me deixe aqui, aghnnn.

O bobo falou com alguém dentro do apartamento.

— Mamãe, é Elenita, mas ela não quer entrar. E não comprou o cigarro.

Uma senhora, mãe da boba, sogra do bobo, respondeu em seguida:

— Não discutam. Deixe ela sossegada. Feche a porta e deixe ela aí.

O bobo levou meio minuto pensando nessa possibilidade e respondeu, dirigindo-se a Elenita:

— Bom, está bom, vou fechar a porta, mas não saia daí. Fique aí mesmo e não gema mais. Está doendo alguma coisa, Elenita? Ahn? Está doendo alguma coisa?

— Ughnn, ughnn.

— Então não gema. Não saia daí.

E fechou a porta. A boba era insaciável. O chão estava asqueroso, mas ela tirou o vestido, estendeu-o e continuaram. A escada e aquele pequeno vestíbulo estavam escuros. As pessoas roubavam as lâmpadas. Continuaram trepando no escuro, quase sem se ver. Elenita teve muitos orgasmos e em todos suspirava. Fizeram em todas as posições possíveis. O bobo interrompeu várias vezes, entreabrindo a porta:

— Meu amor, entre. O que está fazendo na escada a noite inteira? Entre. Venha dormir.

Por trás, ouvia-se a voz de Elena, dando ordens:

— Deixe Elenita sossegada que ela sabe o que faz. Não discutam mais. Feche a porta.

Então o sujeito fechava a porta e eles continuavam trepando, pela frente e por trás. A boba adorava levar no rabo. Rei gozou quatro vezes. Não aguentava mais. Seu pau amoleceu e não subiu mais. Estava completamente fora de combate. A fome o assolava, e teve a ideia de perguntar à boba:

— Você tem alguma coisa de comer? Estou com uma fome...!

— Ahgnn, ahgnnn.

Ele a pegou pelo pescoço e ameaçou:

— Olhe, não se faça de boba, porra! Você se faz de boba quando lhe convém. Vá me buscar alguma coisa de comer!

— Aghnn, rapaz, me solte... Quer um frango?

— Quero.

Elenita pôs o vestido. Entrou em casa e logo depois saiu de novo, com um frango vivo preso pelas patas. Entregou-o para Rei. A mãe e o marido de Elenita tentaram detê-la:

— Elenita, aonde vai com esse frango?

— Elenita, venha cá!

Criavam frangos no banheiro. Tinham quase vinte. Todos grandes e bons para comer. Rei pegou o frango. A boba foi se despedir com um beijo e um abraço. Não tinha tempo para despedidas. Rei desceu a escada como um raio, com o frango na mão. Ouviam-se os gritos de Elenita:

— Não seja animal! Não abuse de mim, que sou mulher! Ahgnn, ahgnnn... Eu amo você muito, Tito, amo você muito!

E a mãe interferindo.

— Vocês dois estão acabando com a minha vida. Estão acabando com a minha vida! Tito, deixe ela em paz, não abuse mais da menina. Já chega!

Num minuto Rei chegou à rua. Sua primeira intenção era ir andando tranquilamente até Jesús María e cozinhar o frango com Magdalena. Mas naquele momento a mãe de Elenita apareceu numa sacada e, lá do sexto andar, acima da rua San Lázaro, começou a chamar a polícia.

— Pega, pega! Polícia, ele roubou um frango, roubou um frango! Polícia! Na hora que a gente precisa não aparece uma porcaria de policial. Onde é que está a polícia? Pega, ele roubou um frango!

Ao escutar aquilo, Rei saiu correndo para o ponto de ônibus na Manrique. Nesse momento, passou um ônibus. Um tropel de gente inquieta subiu. Alguém disse que ia para Guanabo. Rei subiu também. Quando o condutor veio cobrar, Rei gaguejou um pouco. Sabia que iam fazê-lo descer. A seu lado estava um homem vestido de modo tão desusado, tão correto e convencional que parecia um pastor protestante do interior. Rei disse ao condutor:

— Rapaz, me dá uma chance até ali adiante. É que eu não tenho dinheiro.

— Não, não. Se não pagar desce aqui mesmo.

O pastor protestante interrompeu a conversa:

— Um momento, não desça, não. Eu pago para ele.

Rei ficou agradecido por aquela bondade inesperada. Perturbou-se e não conseguiu nem agradecer. Olhou para o chão e foi para o fundo do ônibus.

Era bem de noite. Talvez dez, onze, meia-noite. Rei nunca se preocupava em saber as horas, o dia, o mês. Para ele era tudo a mesma coisa. A noite estava escura. Rei desceu em Guanabo, na última parada. Pensou em ir até a praia, fazer uma fogueira e assar seu frango. No reformatório fez isso várias vezes, com patos, coelhos, frangos e gatos. Precisava de sal e limão. A praia estava deserta e escura, mas havia um quiosque ainda aberto. Dois sujeitos e duas putas bebiam cerveja, sentados a uma mesa na frente do quiosque. Não havia mais clientes, nem ninguém mais em parte alguma. Só aquela luz na praia enorme, extensa e negra. Dois empregados atrás do balcão. Rei se aproximou. Estava certo de que o mandariam embora, como sempre. Mas não. Acharam graça naquele sujeito pedindo sal para cozinhar seu franguinho e deram risada:

— Porra, cara, você sim que é batalhador. É isso aí.

O balconista trouxe sal, mostarda e ketchup num prato plástico e deu a ele. Rei foi embora feliz. Procurou uns galhos secos e preparou a fogueira. Arrebentou a cabeça do frango com uma pedra, depenou-o, limpou as tripas na água do mar. Esfregou o sal, a mostarda e o ketchup. Então lembrou que não tinha fósforo. Voltou ao quiosque. O sujeito o ajudou a acender dois paus. De boa vontade. Estava entediado e pelo menos se divertia com aquele vagabundo ladrão de galinha.

O assado ficou perfeito. Depois do jantar, Rei saiu andando pela praia. Estava cansado. Ouvia o suave rumor das ondas sobre a areia. Não havia brisa e fazia muito calor. Tirou os tênis e pisou na areia úmida, na água cálida. Tirou o short. Deixou tudo jogado na areia e entrou no mar totalmente nu. A água morna e negra o rodeava. Teve uma sensação estranha e voluptuosa. Fechou os olhos e sentiu-se abraçado pela morte. Não havia brisa nenhuma. A água quente, a escuridão infinita que o rodeava. O terror de se afogar, porque não sabia nadar. Manteve os olhos fechados e se abandonou, flutuando de bruços, com o rosto dentro da água. Sentiu-se atraído por aquela sensação deliciosa de ir embora para sempre.

Ficou um tempo assim. Flutuando. Só tirava o rosto de dentro da água para respirar e voltar a se abandonar. Ficou tentado a não respirar mais. Deixar o rosto debaixo da água. Não respirar. Afundar na água negra. Afundar no silêncio. Afundar no vazio. De repente, um corpo frio, escorregadio, duro, roçou-lhe os pés e as pernas. Era um peixe grande e forte. Nadava silenciosa e rapidamente e ousara aproximar-se da praia. Roçou em seu corpo durante um instante que para Rei pareceu um século. Aterrorizado, Rei se pôs de pé. Tocou a areia do fundo com os pés e saiu correndo para a praia. Estava com água pela cintura ou pouco mais. O peixe teria tempo para persegui-lo e devorá-lo no escuro. E Rei lutou. Com o coração disparado, saindo pela boca, chegou ao fim da água e se atirou de costas na areia, tremendo de pavor.

A praia era um bom lugar para viver. Podia-se dormir na areia, embora algumas vezes os mosquitos ficassem insuportáveis. Mas nem sempre. Havia poucos policiais, e em geral não incomodavam. Nos recipientes de lixo dos quiosques se encontravam restos frescos e apetitosos de pães e frios. No mínimo, as pessoas sorriam, relaxadas, e davam esmolas. Sem o santo. Não era necessário. Rei se aproximava e pedia e muitos lhe davam moedas. Viveu vários dias dando voltas na areia, sempre exposto à intempérie. Quando o sol apertava, protegia-se à sombra de uns coqueiros. Um dia, à tarde, chegaram uns meninos desarrumados, magros, sujos, só de short e alpargatas velhas e rasgadas. Um deles subiu num coqueiro e jogou oito cocos na areia. Rei se aproximou. Beberam água de coco e comeram a polpa branca. Uns italianos apareceram para observar e os meninos tentaram vender uns cocos. Os italianos não queriam comprar cocos. Só olhavam e sorriam. Os meninos já tinham uns catorze anos e não usavam cueca. Rei comeu polpa e tomou água de coco até arrebentar. Depois, ajudou o funcionário de uma barraca muito simpática: era uma grande lata de refrigerante. O sujeito dentro da lata parecia uma bactéria dentro do refresco. Vendia muito e precisava de alguém que recolhesse os pratos e copos plásticos, as latas de cerveja, os guardanapos, os restos de comida e toda a porcaria que os clientes jogavam tranquilamente na areia. Em troca, dava-lhe alguma coisa de comer. Rei gostou desse negocinho. Recolhia o lixo e de quebra pedia umas moedas. O sol queimava duro. Às vezes, dava vontade de entrar no mar e se refrescar um pouco. Mas não se atrevia. De noite, acomodava-se longe da água, em cima de uns papelões, na areia macia das dunas. E dormia sem preocupações, debaixo das estrelas, ao ar livre. Passou dias assim. Talvez semanas. Até que chegou — como sempre — a maldita tentação. Não em forma de serpente e maçã, mas como uma camisa, uns óculos escuros, algum dinheiro no bolso, um chapéu de pano e um chinelo de borracha. Tudo colocado ao pé de um coqueiro durante duas horas. Rei resistindo à tentação. Tinha perdido a camisa na viagem de Matanzas. Que fazer? Recolhia o lixo em volta. Olhava a camisa. O dono devia estar nadando. Finalmente, a serpente venceu: pegou tudo, tranquilamente, fez uma trouxa bem apertada e saiu andando para a avenida. Agora tinha de sumir dali. Andou mais de um quilômetro. Contou o dinheiro que encontrara no bolso da camisa. Oito dólares. Vestiu a camisa e pôs os óculos escuros, o chapéu novo. Ofereceu um dólar a um taxista. Vinte minutos depois, o carro corria pelo túnel da baía. E Rei feliz. Sentia-se muito bem. "O Rei de Havana, com sete dólares no bolso, e de táxi, impetuoso e veloz como o cavalo de Guaitabóoooo..., tari ra ráaaa", cantou mentalmente, e sorriu.

Desceu na Prado e disse para si mesmo: "Agora sim vou procurar a Magda e a convido para comer frango frito, batata e cerveja. Eu, o bacana, hahaha...". Pegou a Ánimas. E encontrou um bar. Sentia-se tão bem que precisava de um trago de rum. Entrou e pediu um duplo. Pagou. Era um perfeito senhor com sua camisa limpa e seus chamativos óculos escuros. Apoiou-se no balcão, olhando a rua. O Cacareo estava ali. Era um velhinho meio mulato, meio índio, sempre bêbado, que tinha uma carrocinha construída por ele mesmo. Aparentemente, transportava de tudo. Na verdade não aguentava nada: a fome, o álcool, os anos haviam liquidado com ele. Pedia um golinho de rum para todo mundo. Não pedia nem dinheiro nem comida. Às vezes, para ganhar um trago, cantava ou berrava um pedaço de algum bolero ou de uma *guaracha*. Cacareo deixou a carrocinha na rua e aproximou-se de Rei e de outro homem, os dois bebendo rum. Eram os únicos clientes. O velho, pequeno, magro, ligeiro, vestido de farrapos coloridos, sorriu de orelha a orelha e entoou uma rumbinha acompanhada de uns passinhos vagabundos. No fim, estendeu uma lata para que despejassem um pouquinho de rum. Era um bufão patético e ridículo. Um pensamento atravessou o cérebro de Rei: "Vou ser assim quando ficar velho. Um palhaço de merda". Sentiu uma raiva incontrolável e selvagem. Espatifou o copo no chão, empurrou o velho com tanta violência que o derrubou de costas. E saiu do bar em grandes passos. Nem ouviu o garçom que lhe dizia: "Ô, está maluco? Tem que pagar o copo".

Magda devia estar com os cartuchos de amendoim no ponto de camelo. E foi para lá. Deviam ser umas cinco da tarde. A seu lado passou um sujeito correndo elegantemente. Loiro, branco, alto, bem alimentado. Um excelente espécime de ariano fazendo jogging entre os escombros. Com a melhor roupa esportiva e tênis caros da melhor marca. Evidentemente não tinha entendido porra nenhuma. Dobrou a Campanario em direção ao Malecón, trotando pelo meio da rua. No açougue da Ánimas com Campanario havia um magote de umas trinta ou quarenta pessoas esperando a sua cota de picadinho de soja. Alguém disse: "Olha esse cara... está louco". Uma senhora respondeu: "Loucos estamos nós, que não temos força nem pra correr pra pegar o ônibus". Outra mulher também meteu a colher torta, com expressão de amargura: "E continuamos comendo merda aqui em vez de ir para a casa do caralho". Os outros, prudentemente, mantiveram a boca fechada.

Rei viu o estrangeiro loiro correndo com galhardia, ostensivamente, no meio da miséria, ouviu os comentários. Não entendeu nada. Continuou até o hospital. Na frente da capela de La Milagrosa, havia um sujeito caído no chão. Era um desastre. Poliomielite talvez. Aparentemente dormindo, ou inconsciente. Tinha um pedaço de plástico estendido no chão, com um pequeno são Lázaro, muitas moedas e um letreiro:

ESTA É MINHA ÚLTIMA PROMESA A
MEU PAI
SÃO LÁZARO. TENHO
ENJOO EMORÓIDA E MINHA DOENÇA.
TELMINO ELA HOJE 6H30 E
VO PRO RINCÃO AJUDE E SAUDE PARA
TODOS
PROMESA PARA RESPEITÁ.

As pessoas liam aquele letreiro. Todos se condoíam daquele farrapo humano. Alguns depositavam moedas e faziam o sinal da cruz. Rei tirou suas conclusões: "Este sim é peitudo. Vou fazer um letreiro melhor que esse para mim... Uhmmm... e tenho de retorcer um pouco... uhmm... acho que a Magda também não sabe escrever muito, e esse letreiro está bem-feito. Vamos ver quem vai fazer, uhmmm".

Pensando como fazer um letreiro tão perfeito como aquele, sentou-se na escada de entrada da capela. Distraiu-se olhando as pessoas. Magda sentou-se a seu lado, sorridente, com os cartuchos na mão:

— Procurando o que por aqui, neném?

Rei se surpreendeu:

— Ehhh!

— Assustou?

— Não.

— Procurando o quê?

— Como procurando o quê? Você sumiu daqui. Onde é que andava?

— Por aí.

— Como por aí? O que você anda fazendo, Magda?

— Eeuuu?... Menino, você é corajoso, hein?

— Por quê?

— Porque é. Sumiu desde não sei quando e agora aparece pra me procurar, exigindo, fazendo pose de marido.

— Você não sabe no que eu...

— Foi preso?

— Não, mas me enrolei e não podia...

— Você é um descarado, Rei. Eu vou me mandar. E não venha atrás de mim que não quero cena no meio da rua!

— Mas escute... está maluca, é?

— Eu disse que vou me mandar e que é pra você não me seguir. Nem tente se fazer de valentão comigo que eu encho essa sua cara grande de porrada! E depois entrego você para a polícia!

Rei se enfureceu. Tinha vontade de pegá-la pelo pescoço. Conseguiu se controlar.

— Magda, vamos conversar.

— Que conversar porra nenhuma, suma da minha frente.

— Me diga pelo menos...

— Acabou, Rei. Você não é de nada. Eu preciso de um homem. Homem! Que me ajude, que faça alguma coisa por mim.

— Mas eu posso...

— Você não pode merda nenhuma. É uma bosta de um menino! Tchau.

Magda foi embora. Rei passou da fúria ao desconcerto e daí à tristeza. De repente, sentiu-se abandonado, solitário, sem apoio. E lhe brotaram algumas lágrimas. Não um choro copioso. Apenas umas lágrimas. Foi invadido por uma sensação de vazio e solidão. E saiu andando sem rumo. Deprimido, com vontade de morrer. Mais de uma vez pensou: "Por que não me afoguei aquela noite na praia?". Quando se cansou de caminhar, sentou-se no batente de uma porta.

A noite estava bem avançada. Poucas pessoas por ali. Acomodou-se um pouco e dormiu. No dia seguinte, às seis da manhã, uma senhora alta e magra, de sessenta e três anos, com o cabelo bem tingido de negro e grandes argolas nas orelhas, com toda a pinta de cigana, abriu a porta. Trazia um balde de água e ervas. Tinha "limpado" o quarto de seus santos e consultas. Sempre sobrava um encosto quando se trabalhava com espíritos e se consultava tanta gente todo dia. Essa era a rotina diária de Daisy, a cigana. Limpar o quarto e toda a casa, recolher o que era mau, jogar fora na rua junto com a água do balde. Perfumar a casa, pôr flores para os santos, saudar os orixás com cachaça, mel, fumaça de tabaco, alguma fruta, o que pedissem. Era preciso mantê-los contentes. E se preparar para as consultas. Tinha certo prestígio e popularidade como cartomante. Vinham de cinco a dez pessoas todo dia. Queriam saber o futuro e tentar corrigi-lo a seu favor, com os remédios e conselhos de Daisy, embora ela sempre dissesse: "Eu não mando nada. Não sei nem para que serve a camomila. É a cigana Rosa quem fala. Eu não sei o que ela disse a você".

Quase jogou a água em cima de Rei. Surpreendeu-se de ver aquele sujeito dormindo em sua porta.

— Ei, o que é isso? Ô, sai da minha porta. Vá, vá embora daqui.

Rei despertou com o corpo dolorido. Ainda mais triste que na noite anterior. Tanto fazia. Não se mexeu. Daisy se zangou e empurrou-o com o pé:

— Vá, saia da minha porta.

Rei se arrastou um pouco para a direita, para sair da porta. Ali ficou, sentado na calçada, encostado na parede. Daisy jogou a água, que o salpicou um pouco. Fez sua oração e entrou de novo. Rei se achava em estado de total abandono. Não se mexeu dali o dia inteiro. Só queria morrer. Daisy dedicou-se a suas consultas e esqueceu aquele sujeito. De noite, às oito, saiu até a porta para se despedir da última cliente: uma senhora do campo que sempre lhe trazia frangos, arroz, feijão, réstias de alho, e além disso pagava bem. Ela a atendia e a senhora era fiel às previsões e aos remédios da cigana. Daisy acendeu um cigarro, deu um beijo no rosto da cliente e ficou um instante na porta, soltando fumaça e tentando refrescar um pouco a cabeça. Ganhava bom dinheiro, mas acabava esgotada todos os dias. O sujeito continuava atirado na calçada. Observou-o. Estava sujo, embora não malvestido:

— Escute, rapaz, você não é moço demais para ficar jogado aí, não? O que foi? Está bêbado?

Rei havia se desligado de tudo. E não tinha vontade de responder. Não sentia mais nem fome nem sede. Daisy continuou insistindo com suas perguntas. Rei não respondeu. Mas Rosa sussurrou no ouvido dela: "Não deixe esse aí abandonado. Ajude". E o que Rosa dizia era sagrado. Daisy o ajudou a levantar. Deu-lhe apoio com o ombro e entrou na casa. No bar em frente, na esquina da Virtudes com Águila, dois vizinhos bebiam rum e observavam a cena da cigana com o vagabundo:

— Era o que faltava para a cartomante. Antes, recolhia cachorros e gatos vira-latas. Agora recolhe mendigos.

— É gostosa essa cigana. Devia me recolher também.

— Está magra e velha... bom, claro, por isso que chamam você de "chupa-velha".

— Não, meu amigo, não, nada de apelido que eu respeito você.

— Hahahaha.

— Está velha, mas ainda está em forma. E com casa e grana.

— Acha que tem grana?

— Claro. Pois todo dia deve ter umas vinte consultas. Se me recolhesse, eu ia viver feito um rei.

— Porra, se você quer tanto, por que não dá em cima?

— Ela não me dá bola. Estou atrás dela faz anos, mas sempre me escapa entre os dedos.

Daisy fechou a porta. Rei estava muito fraco e esgotado, mas de qualquer jeito ela não aguentava com ele. Deixou-o no chão. Pelo menos agora estava de olhos abertos. Deu-lhe um copo de água com açúcar. Rei se recuperou um pouco.

— Está ferido, está doente, alguma coisa?

— Não.

— Como se chama?

— Rei.

— Eu me chamo Daisy. Vou esquentar água para você tomar banho, e faço comida para nós dois.

— Por que está fazendo isso?
— Pelos santos. Me mandaram fazer.
— Eu... eu quero morrer.
— Não fale assim e não desista que é ruim. Vá, vá. Suba para tomar banho.

Rei não teve forças para se opor ao banho. Era um casarão grande, do século XIX. Colonial, com grossas paredes de cantaria e pé-direito muito alto. Tinha saguão, sala, saleta, quatro quartos. Tudo desproporcionalmente grande. Um pátio largo ao longo dos quatro dormitórios. No fundo, uma cozinha imensa, a sala de jantar e o banheiro. Daisy era maternal. E forneceu-lhe sabão, toalha, calças, cuecas, meias, camiseta. Tudo do Exército. Era viúva de um oficial fazia anos. Guardava tudo: gorros, botas, medalhas, condecorações de bronze, diplomas, troféus. Quando tinha algum jovem em casa — adorava os jovens, mas tomava muito cuidado com as línguas viperinas da vizinhança — o protegia e obsequiava com aqueles fetiches. Assim dissolvia pouco a pouco a lembrança do defunto, que foi sempre seu macho, pai, esposo, amigo, protetor, dono, que a emprenhou e a fez parir quatro vezes. Foi seu tudo. A grande loucura dos dois era trepar com ele de farda e revólver no cinto. Só tirava para fora o pau e o saco pela braguilha. Isso sempre arrebatou Daisy. Morreu com cinquenta anos apenas e tudo se acabou abruptamente. Desde então, Daisy começou a ser cada dia mais cigana. Mais e mais cigana. Uma coisa irresistível. Vivia sozinha naquele casarão. Três filhos em Miami, outro vivia com a esposa, e ela perdida ali com os santos e o espírito permanente de Rosa a lhe murmurar no ouvido.

Quando Rei saiu do banho era outra coisa. Daisy lhe preparou uma comida decente: arroz, feijão-preto, carne ensopada, banana madura frita, salada de abacate, feijão-branco e abacaxi, água gelada e café.

— Quer um charuto e uma dose de rum?
— Quero.

Pela primeira vez na vida, Rei sentiu-se uma pessoa. Nunca tinha comido daquele jeito, com aquele tempero, e, além disso, sentado a uma mesa. Comia sempre com o prato na mão. Nunca tivera a seu lado uma mulher limpa, cheirando a perfumes e colônias, numa casa tão grande, com santos e flores, que o mimava daquele jeito. Aquilo era incrível. Como podia acontecer com ele?

— Que idade você tem, Rei?
— Ehmmm...
— Já vai mentir. Diga a verdade.
— Dezessete.
— Eu imaginava.
— Por quê?
— Parece trinta, mas já sabia que era um menino.
— Trinta?
— A vida o maltratou um pouquinho...
— Pode ser.
— Ou você maltratou a vida... quem sabe.

Daisy acendeu um cigarro e fumaram em silêncio um momento. Ela apagou a guimba no cinzeiro e olhou para ele:

— Dezessete anos...

Não conseguiu resistir mais. Foi até ele e beijou-o. Abraçou-o. Ele retribuiu. Quando se sentiu correspondida, ela se expandiu um pouco mais:

— Ai, mulato, por Deus, que bonito você é, que lindo!

Rei tentou retribuir o entusiasmo, mas não teve uma ereção. Muito cheiro de sabão e perfumes. O pau só lhe inchou um pouco. De momento, Daisy se contentou com isso e — como acontecia sempre com todas as mulheres —, quando descobriu as pérolas na ponta da glande, ficou arrebatada. Rei fez um gesto para se despir. Ela o impediu:

— Não, não. De roupa! Não tire a roupa. Baixe o zíper. Vou buscar o revólver.

— Revólver? Para quê?
— Para você pôr na cintura e trepar com Rosa.
— Que é isso? Não estou entendendo nada. Eu não gosto de revólver, nem de guarda, nem de caralho nenhum.
— Por quê?
— Porque não.
— Por que não?
— Porque não... ahhh, continue chupando, porra.

— Ai, louco, você tem uma pérola.
— Duas.
— É, duas, louco, muito louco.

Rei fechou os olhos e ficou pensando em Magda. Cada vez que Daisy — ou Rosa, quem sabe — tentava subir para beijá-lo, ele mantinha a cabeça dela lá embaixo. Não queria sentir o perfume e a limpeza de Daisy. "Suando, Magda, suando, Magda, com esse cheiro forte." Assim manteve a ereção mais ou menos e soltou muito sêmen na boca de Magda, ou de Daisy, ou de Rosa. E pronto. "Que boa vida do caralho!", pensou. Daisy queria mais, claro. Tinha ficado sem nada. Mas era uma velha esperta e entendeu que era melhor dar-lhe um tempo.

— Quer uma vitamina de manga?
— Quero.

Daisy pôs muito leite na vitamina e até uns comprimidos de vitamina concentrada que seus filhos mandavam regularmente de Miami. Nunca soube para quê. Mas mandavam sempre.

— Alimente-se, *papi*, que está muito magrinho e abandonado.

Assim foram passando os dias. Rei rapidamente se adaptou aos comprimidos de vitamina, às boas comidas, a dispor de roupa limpa, mesmo sendo uniforme militar. E que Daisy lhe desse alguns pesos toda manhã.

— Toma, meu filho, esses *pesitos* são para você fazer o que quiser. Mas faça a barba. Não saia assim para a rua. Escovou os dentes?

Depois de uma semana, Rei estava refeito, tinha ganhado peso e, além disso, estava completamente domesticado: tomava café da manhã, almoçava, jantava, tudo na hora certa. Tomava banho todo dia, fazia a barba. Só dava umas voltas pelo bairro, e não se afastava da casa. De noite, uns goles de rum e um charuto. Daisy ficava o dia inteiro ocupada com as consultas. Mas de noite, invariavelmente, queria sua parte. E Rei fazendo malabarismos com a mente. Nada de grandes trepadas. Rei não negava fogo. Mas não conseguia que o pau ficasse inteiramente duro. Sempre de olhos fechados e sonhando com a sujeira e o hálito de Magda. Daisy não tinha sabor. Tudo ficava cinzento, monótono e aborrecido para Rei. Uma noite, Daisy quis ler as cartas para ele. Rei se opôs:

— É importante para você. Eu sou a única que pode ajudar.
— Não preciso de ajuda.
— Todo mundo precisa de ajuda. De Deus. Somos amor e luz, mas sem Deus nos transformamos em ódio e escuridão...
— Ah, deixa disso. Que Deus porra nenhuma. Eu estou cagando pra Deus.
— Na minha casa não se pode falar assim. Diga que está arrependido.
— Estou cagando pra Deus.
— Diga que... perdoa, meu Deus. Ele não sabe o que diz.
— Estou cagando pra Deus.
— Chega. Vou rezar por você. Deus tem que perdoá-lo.
— Deus uma porra! Deus uma porra! Deus não existe porra nenhuma. Você vive feito uma rainha. Claro que tem que acreditar em todos esses santos e no baralho e nessa merda toda. Eu não acredito em nada! Não acredito nem em mim!
— Eu entendo você, Rei. Que Deus o perdoe.
— Não me repita mais essa merda!
Rei estava furioso. Saiu da casa e foi ao bar em frente, beber rum. Estava realmente furioso, colérico. Tinha vinte pesos no bolso, pôs em cima do balcão e disse para o atendente:
— Tudo em rum.
O atendente pôs diante dele um copo e três quartos de uma garrafa de rum barato dos bravos. Rei bebeu com sede. Em dois minutos estava se sentindo bem. Daisy apareceu na porta do bar e o chamou:
— Rei, venha cá um momento.
— Me deixe em paz.
— Não se embebede, Rei, venha cá. Vamos para casa.
O bar estava quase vazio e silencioso a essa hora. O bairro ficava morto a partir das oito da noite. Só Rei, dois clientes e o balconista. Um dos clientes, um velho mulato magro e gozador, começou a cantar com voz muito boa:

Usted es la culpable
de todas mis angustias

y todos mis quebrantos.
Usted llenó mi vida
de dulces inquietudes
y amargos desencantos,
su amor es como un grito
*que llevo aquí en mi alma...**

Rei não aguentou. Controlou-se para não dar uma garrafada na cabeça do velho gozador. Fechou os olhos para se controlar. Pegou a garrafa de rum e saiu andando pela Águila na direção da Neptuno. Daisy apenas com uma camisola leve e as chaves da casa na mão, sandália de borracha, seguiu atrás dele, suplicando:

— Menino, depois de tudo o que eu fiz por você. Não seja mal-agradecido.

— Me deixe em paz.

— Rei, pelo amor de Deus, não vá embora assim. Eu nunca perguntei quem você era, nem de onde saiu. Nada...

— Nem é da sua conta.

— Eu sei que não é da minha conta. Nunca vou perguntar nada. Mas deixa eu cuidar de você, Rei. Não beba mais.

— Me deixe em paz e não me enche mais o saco, velha de merda.

— Como velha? Eu, velha?

— É, você. Velha de merda. Me deixe em paz e volte pra sua casa.

— Volto com você. Sozinha não.

Daisy se aproximou mais e o segurou pelo braço. A discussão era em voz alta. Rei vociferando no meio da rua. Ela falava com mais cuidado. Algumas pessoas os observavam dos balcões e das calçadas. O espetáculo preferido dos *habaneros*. As brigas de rua entre marido e mulher. Alguém gritou para Daisy, de uma sacada:

— Dá-lhe, *castigadora*... como gosta de menino, sem-vergonha!

Daisy virou para o lado de onde veio a voz intrusa:

---

* Você é a culpada/ de toda a minha angústia/ de toda a minha dor./ Você me encheu a vida/ de doces inquietudes/ e amargo dissabor,/ e amar é como um grito/ que levo dentro d'alma..." (N. T.)

— Esse é meu marido! Menino coisa nenhuma! Tem um pau que é capaz de arrebentar o teu cu, desgraçado! Vai, desce aqui, veado!

A mesma voz gozadora e nasalada para evitar que fosse reconhecida:

— Dá-lhe, velha safada, leve seu nenezinho pro berço!

Daisy não respondeu. O gozador continuou com as piadas:

— Leve ele pra casa pra tomar a mamadeira.

Ela não prestou mais atenção nas gozações. Grudou-se em Rei e acariciou seu braço.

— *Papito*, você está parecendo louco. Deixe eu fazer uma limpeza. Vai ver como sua cabeça vai ficar mais clara.

— Vai começar com a mesma conversa?

— Não, não. Eu não digo nada. Mas vamos pra casa, meu amor. Amanhã cedo faço uma limpeza em você. É para o seu bem, Rei, você vai ver como vai se sentir melhor.

Rei preferiu não responder. Ficou em silêncio. Continuaram andando. Na Águila, quase chegando à Zanja, em frente à companhia telefônica, havia um prédio enorme e vazio, em ruínas. E muito escuro. Era quase meia-noite. Uma zona de veados, fodedores, punheteiros, as meninas batedoras de punheta vivem por ali à procura de uns pesos, os esmoleiros, os comerciantes de qualquer coisa. Rei entrou no prédio. Daisy se assustou:

— Ai, Rei, pelo amor de Deus, este lugar é perigoso.

— Perigoso sou eu! Tome, dê um trago.

Sentaram-se numa pedra grande. Rei começou a se sentir sob controle de novo. À sua volta, nas sombras, havia movimento: uma menina batia uma punheta para um sujeito. Uma negra e um negro trepavam, despudorados, dava para ouvi-los a poucos metros e se percebiam seus vultos. Alguns voyeurs passavam pela calçada e fumavam, dissimulando, se preparando para entrar em ação a qualquer momento. Um clima tenebroso, carregado de gente furtiva. Sexo disfarçado. Rei se excitou. Seu pau subiu sozinho. Como uma tora.

— Uhmmmm... venha cá, velhusca, venha.

Levantou a camisola de Daisy. Só uma calcinha. Já estava com o pau em pé, duríssimo. Apalpou bem a cigana. Era magra e tinha uma bela pentelhama na pélvis. Desembainhou. Daisy tocou o pau dele e se entusiasmou:

— Ai, *papi*, a perlona está tremendo.

— As perlonas! Tem duas, porra!

— Ai, *papi*, é, tem duas. Vai, vai, tesudo.

Rei abriu um pouco as pernas dela, rasgou a calcinha e jogou fora. Recostou-a sobre a pedra. Penetrou-a como nunca e a fez guinchar:

— Ai, *papi*, pelo amor de Deus, isso sim é que é pau... ai, falecido, me desculpe, mas isto sim é que é pau, isto é que é pau. Mete até o fundo, mete.

Três voyeurs se aproximaram a poucos metros e se masturbaram vendo aquela foda genial. Rei controlou seu orgasmo. Queria que Daisy gozasse e se aliviasse. Ela teve muitos orgasmos curtos e seguidos, dois por minuto. Estava fora da realidade. Gritava, suspirava, mordia a mão. A velhota de sessenta e três anos voltou aos seus quinze anos. Até que afinal ele soltou a porra. Os punheteiros também. Todos acabaram ao mesmo tempo. Uma coisa antológica na história sexual da humanidade. Quando Daisy e Rei abriram os olhos, os punheteiros já haviam se retirado a uma distância prudente. E todos foram felizes.

Nos dias seguintes, voltaram à normalidade. Quer dizer, à rotina de Daisy, suas comidinhas especiais, as vitaminas, tomar banho e fazer a barba diariamente. Às vezes, Rei escapava. Ia andando até a Prado. Sentava-se um pouco para ver as mulheres passando. Não tinha nada para fazer, nada para pensar, nada a esperar. Sempre com vinte ou trinta pesos no bolso. Funcionava por inércia. Conversou em vários lugares, procurando trabalho. Não havia nada. Até na construção todas as vagas estavam tomadas. Daisy insistia na limpeza:

— Não procure mais. Enquanto não tomar uns banhos de ervas, não fizer o descarrego e tomar os outros remédios, não vai encontrar nada. Está com todos os caminhos fechados e não quer acreditar em mim.

— Não sei por que você me fala essa merda todo dia.

— Porque você caminha para o fracasso. E quero ajudá-lo, meu menino. Assim não vem nada para você. Nem trabalho, nem dinheiro, nem mulher, nada. Tem que tirar o encosto.

Daisy com a mesma cantilena quatro vezes por dia. Sete dias por semana. Já estava enchendo. Passava o dia dando consultas. De tarde, quase de noite, tomavam banho, comiam, tomavam um pouco a fresca no pátio. Daisy se punha provocante com umas camisolas transparentes e pequenos négligés que usava com calcinhas mínimas, sem sutiã. E muita maquiagem, perfumes, e o cabelo bem escovado e esticado, para esquecer certas raízes africanas perdidas entre os avós. Rei não ficava com o pau muito duro diante de tanto artifício. Era um rústico. Preferia bafo de rum, de tabaco, o cheiro de suor e os pelos não raspados nos sovacos.

Para refrescar a cabeça deu para fumar e beber. Todo dia gastava trinta pesos ou mais em rum, cigarros e charutos. No bar da frente. Uma tarde foi até o bar, como sempre. Daisy dando consulta. Ainda tinha três clientes. Ia terminar às nove da noite ou talvez um pouco mais tarde. Levava a coisa a sério. Rei reprimia sua vontade de ir embora. Sair andando e não dizer adeus. Pediu uma dose dupla de rum. Na calçada, um negrinho brincava sozinho: pôs umas pedrinhas no chão, umas em cima das outras. Fabricou um pequeno monumento, uma pequena pirâmide. E dançou em volta dela. Se benzia, fazia o ruído dos tambores e dançava em volta do totem. Rei ficou olhando um longo tempo. Era um menino de cinco ou seis anos, brincando com seu totem. Muito concentrado no que fazia. Sorrindo. Fascinado com seu totem.

A poucos passos, no solar, alguém começou a gritar. Armou-se uma briga. A intervalos de poucos dias se armavam aquelas confusões. O solar havia sido um grande casarão colonial de dois andares, com um pátio central, agora todo dividido em trinta e sete pequenos quartos. Legalmente, ali viviam cento e oitenta pessoas, às quais se somavam outras cinquenta, ilegais: parentes do interior, amigos em desgraça, amantes etc., todos dispunham de apenas dois banheiros mínimos. O pátio central um dia foi amplo e ventilado, mas construíram mais quartos para aproveitar tanto espaço. Agora era apenas um corredor estreito, de dois metros de largura, sempre com roupa estendida, secando. Naquele corredor os vizinhos armavam uma farra ou uma briga, duas negras brigavam pelo mesmo marido, ou ofereciam café uns aos outros amavelmente, fumavam maconha, ou — na escuridão da noite — trepavam e suspiravam os amantes copulando de pé.

O que aconteceu naquele corredor fazia tempo que não se via ali: um branquelo pixaim do Leste começou a discutir com um negro enorme, por causa de alguma coisa que um roubou do outro. Nunca se soube quem era o ladrão. E a coisa foi esquentando. Começaram a sair os irmãos e primos do negro. Os amigos do negro. Os parceiros de terreiro. Já eram dezoito negros ameaçadores. Todos querendo quebrar a cabeça do branquelo do Leste, solitário e sem ajuda. De repente, apareceu um facão na mão do cara. Sua mulher que o trouxe e lhe deu, dizendo:

— Não deixe eles foderem com você, seja macho.

O cara não pensou duas vezes. Começou a dar facadas a torto e a direito. Cortou a barriga de um, o braço de outro. Brotou sangue. Muito vermelho e grosso. Então, sim, o corredor ficou pequeno e estreito. O branquelo estava bloqueando a única saída para a rua. Por trás não tinha saída. O sujeito estava muito puto da vida e, quando viu sangue, baixou Ogum. E queria mais sangue. Os negros, desarmados, davam volteios como tigres na selva. Tentavam subir pelas paredes como moscas, com os olhos saindo das órbitas. De cima, duas velhas gritavam e jogavam baldes de água. Tinham certeza de que assim conseguiriam esfriá-los. O branquelo ficou cego. Dava facadas em qualquer um que se aproximasse, mas sem sair do lugar, para ninguém chegar até o portão. Estava disposto a completar a sangria. Acossou a todos com gana, como uma fera assassina. Cinco negros feridos e dois sangrando. Pelo menos vinte baldes de água jogados em cima deles. Todos os cachorros latindo, as mulheres gritando:

— Amarrem ele, amarrem ele! *Oriental* filho da puta!

— Chegou ontem e já quer ser o dono de Havana!

— Chame a polícia!

— Pegue um pau! Não tenha medo dele! Pegue um pau!

— Animal! Desarmado você não se mete! Abusado!

Por fim, chegaram dois policiais. O *oriental*, furioso, de costas, não viu quando se aproximaram. Desarmaram-no com dois golpes de caratê no pescoço. O sujeito ficou sem ar, paralisado, deixou cair os braços e o facão. Puseram-lhe as algemas. O cara recuperou o fôlego e começou a guinchar e a espernear para que o soltassem. Um dos dois policiais bateu com o cassetete nas costas dele. O sujeito caiu de bruços no chão. O policial deu mais uns tantos golpes cruzados de cassetete na coluna vertebral.

— Não banque o macho e cale a boca!

O branquelo se calou e disse baixinho:

— Animal, desgraçado, só porque me amarrou, desgraçado.

O policial deu-lhe mais umas porradas com o cassetete, partindo-lhe os ossos. O sujeito quase perdeu os sentidos. Calou-se.

Os negros tentaram sair correndo. Os policiais, de revólver na mão, dispararam quatro vezes para o alto. O estampido os deteve. Alguns conseguiram escapar de qualquer jeito. Ficaram onze negros contra a parede. Tranquilos. As radiopatrulhas foram chamadas. As mulheres começaram a acossar os policiais com sua gritaria:

— Soltem eles. Não fizeram nada. Não levem eles.

— O do facão foi que começou.

— O do facão. O *oriental*.

— Os caras são daqui e são decentes, são boa gente.

— O *oriental* é um filho da puta. Aqui nunca tem confusão.

Chegaram reforços. Duas radiopatrulhas. Levaram todos embora. As mulheres, impertinentes, histéricas, continuavam atravessadas. Os policiais foram controlando as feras. Por fim, limparam o terreno. O solar ficou fervendo.

Em frente, Daisy saiu na janela. Olhou um instante e comentou com sua cliente:

— Os negros do solar brigando. Como sempre. Isso é todo dia.

E continuou seu baralho.

Rei, no bar, aproveitou para se aproximar de Ivón, uma negrinha bunduda, doce e silenciosa, que vivia num quarto do solar. Sozinha, com a filha de cinco anos. Rei a observava fazia dias. E agora era chegado o momento. Ivón ficou na calçada. Quando viu a briga resolveu ficar esperando tudo passar. Rei fazia tempo que queria meter

naquele rabo. Aproveitou e sorriu para ela. Ele não sabia namorar, nem falar muito. Resolveu oferecer-lhe rum:
— Quer um trago?
— Não, obrigada.
— Eu sou seu vizinho da frente.
— Eu sei, já vi você com a cigana. O que está acontecendo no solar? É uma briga grande.
— Tiraram cinco feridos cobertos de sangue. Tinha um cara com um facão. E ele pegou gosto na coisa.
— Ahhh.
— Tome um gole. Tome.
— Hahaha. Se a velha pega você falando com outra mulher, acaba com a sua raça...
— E com você o que fazem?
— Comiiigo? Nada, meu amor, eu sou livre, independente e soberana.
— Eu também.
— Não me venha com essa que não me pega.
— Bom, deixa disso. Como é seu nome?
— Ivón.
— Rei.
Deram-se as mãos. Se sorriram. Ivón aceitou um trago do rum bravo. Puro. Sem gelo.
— Faz tempo que não bebo.
— Por quê?
— Não, é que... nada. Não bebo.
— Nada o quê?
— Não gosto de beber sozinha.
— Ivón, você com esse corpo, com esse sorriso... está sozinha, sozinha, sozinha?
— Pode crer.
— Hahaha. Como você é séria. Sozinha faz quanto tempo? Uma semana?
— Meses, meses.
— Quem sabe você é muito exigente.

— Não gosto dessa negrada. Começam a beber e já viu: briga, facão. Não gosto dessa sujeira, dessa vulgaridade.
— Você é fina. Uma negrinha fina, pra sair.
— Fina não sou, mas repito que não gosto de homem vulgar.
— Então, se a gente vai fazer amizade, tenho que ser fino.
— Não tão depressa... calma...
— Não, *titi*, estou calmo.

Ivón aceitou outro duplo. Continuaram se esquentando. Rei gostava daquela mulher. Pelo menos era jovem como ele. Tinha bom corpo. Não parecia muito fofoqueira nem de cabeça quente. Para alguém que vivia no solar, estava bom. Era uma negra bem preta e ele um mulatinho claro. Era capaz de terem um mulatinho bem parecido. Rei imaginou-a grávida, com um barrigão dele. Tinham bebido uns tantos copos. Estavam relaxados. Escurecia. Tinham se entrosado bastante bem. Daisy continuava com suas consultas quando entraram no solar sem que ninguém visse. Pelo menos foi o que pensaram. Estava tudo tranquilo e silencioso. O quarto de Ivón era pequeno: quatro por quatro, só uma porta e uma janela. Lá dentro havia uma cama e um colchão desimpedidos. Uma pequena mesa com um fogãozinho de querosene. Não havia onde sentar. Em cima de uma cadeira quase despencada, cuidadosamente dobradas, bem lavadas, algumas blusas, umas saias e umas poucas peças de criança. Um par de sandálias gastas debaixo da cama. Uma caixa de papelão com um pouco de arroz, uma panela. Muito calor. Cheiro de mofo, de umidade, de fechado, de lençóis sujos. Entraram. Rei estava segurando um copo de rum. Sentaram-se na cama, com a porta aberta. Rei colocou o copo no chão, beijou-a, tratou de fazê-la deitar. Ela resistiu:

— Não. Minha filha deve estar chegando. Isso eu não faço aqui. Acha que sou dessas?
— Tem uma filha?
— Tenho. De cinco anos. Está com a avó.
— É longe?
— Aqui mesmo. Em cima.
— Suba. Invente alguma coisa para ela ficar lá mais um pouco.
— Não. Ela vai perceber.

— E daí?
— É avó por parte de pai. Este quarto é dele.
— Onde que ele está?
— Na cadeia.
— Ah.
— Vamos fechar a porta. Só um pouquinho, Rei. Só um pouquinho.

Ivón fechou a porta. Rei já estava como Compay Segundo: saindo uma babinha... da glande. A festa foi grande, com grande glande. Rei gozava e continuava com o bicho em pé, e as perlonas vibrando de emoção em cima do clitóris vermelho-arroxeado de Ivón. Rei inspirado com aquele cu saliente, duro, perfeito, negro, peludo, incrivelmente belo, seguido de uma vagina cheirosa, de lábios negros, com o interior arroxeado, apertada, capaz de prender o pau e massagear com uns músculos vigorosos e mais perturbadores que uma mão. E a barriga lindíssima, com muita pelugem do umbigo para baixo. Os peitos redondos, cheios, duros, com bicos grandes, redondos, gostosos. Ivón, nua, parecia uma menininha púbere. Tinha trinta e quatro anos. Parecia ter vinte e dois. E era tão doce! Rei repetiu mais de uma vez:

— Ah, Ivón, como eu gostaria de viver com você aqui.
— Aproveite, *papi*. Esqueça o resto... ai, se continuar me comendo assim vou acabar apaixonada por você... que é isso?

Suavam copiosamente. Não havia ventilador. E aquilo era um forno. Ivón saiu duas vezes do quarto. Trouxe mais rum. Ajeitou o negócio da menina para que ficasse com uma vizinha. A sogra não podia saber o que ela estava fazendo. Se o negrão na cadeia soubesse de alguma coisa, a vida de Ivón não valeria mais um centavo. O sujeito ia sair algum dia. E viria direto para cobrar com sangue. Ivón às vezes fazia a vida. Ganhava cinquenta ou cem dólares por um ou dois dias. Isso era outra coisa. Tinha de sustentar a filha. E contava para o sujeito tranquilamente quando o visitava na cadeia. Então o sujeito latia:

— E a minha parte?
— Tá aqui, *papi*, toma.

E lhe dava dez ou quinze dólares na mão.

— Só isso?
— E o que você quer? Como é que eu vou sustentar sua filha? E eu? Vivo de vento?
— Tá, tá. Tudo bem.
Ivón se arranjava sozinha. Rei insistiu em ficar. Já meio bêbado.
— Vou ficar vivendo com você.
— Não, *papi*, não. O negrão vai sair e acaba com nós dois a punhalada. Pegou vinte anos, mas já está preso faz dois, e a qualquer momento soltam. Esse negro é perigoso.
— Eu sou durão, Ivón.
— Sei, sei...
— Sabe como me chamam?
— Não.
— O Rei de Havana. A pica mais gostosa de Cuba.
— É verdade, *papi*. É uma loucura... tremenda loucura na cama... Mas como você tem milhões, mi-lhões, e não só em Cuba. Tem cada italiano, cada galego, que é daí pra mais... de forma que não se faça de bacana e continue com a sua velha que o sustenta.
— Ela não me sustenta.
— Não o quê? Você trepa com a velhota de graça? Sai dessa, menino! Olhe, continue com a cigana, e quando der a gente se vê, trepa um pouco, e cada um segue seu caminho. Mas numa boa. Sem briga nem nada.
— Não, não. Quero que você seja minha mulher... e engravidar você. Botar você de barrigão.
— Ah, você está bêbado. Não vou parir mais um morto de fome por nada deste mundo. Olhe a menina... agora sou eu que tenho de sustentar e o negrão na cadeia. Porque ele é de briga e fica irado. Se eu tiver filho vai ser com estrangeiro, que tenha muita grana, do contrário, nada de gravidez... não sou louca!
— Ah, mas...
— Ah, mas nada. Se vista e vá saindo, que já está amanhecendo e não podem ver você aqui.

Discutiram um pouco mais. Rei dizendo que não ia, Ivón dizendo que ia. Por fim saiu para o frescor da madrugada. Era noite ainda. Foi direto para a porta de Daisy. Parou um pouco antes de bater.

Não. Precisava de mais um trago de rum. E de um cigarro. Não sobrara nem um peso. Continuou andando, e, como sempre, cada vez que não sabia aonde ir, acabou na estação de trens, no bairro de Jesús María. "Ah, Magda, Magda." Pensou um instante: "Como eu gosto da Ivón. Mas é verdade o que ela disse. O negrão sai do depósito, caça a gente, nos corta a cabeça e a gente nem fica sabendo quem foi. Ela é inteligente. É uma mulher que sabe o que faz". Subiu pela Águila. Eram quase cinco da manhã. Noite escura. Uma noite fresca. Rei espirrou. Várias vezes. Havia uma friagem no ar, mas, além disso, também um cheiro penetrante, ácido. Soaram umas sirenes ao longe. Na direção de Tallapiedra. No escuro daquelas ruas começaram a aparecer milhares de pessoas. Saídas da cama. Envoltas em cobertores, de calças curtas e sandálias, arrastando crianças, ou carregando crianças dormindo. Mulheres quase nuas. Velhas e velhos sonolentos, cobertos com uma toalha, um lençol. Alguns vestidos com impermeável. Muitos velhos embrulhados em mantas de lã. Todos abandonaram precipitadamente suas camas. E se deslocavam. O que estava acontecendo? As sirenes continuavam uivando com insistência cada vez mais feroz. Rei caminhava na contracorrente. Sua cabeça foi se esvaziando. O rum, o despejo seminal, o sono. Ia andando embotado. Nas sacadas surgiam muitas pessoas. O odor ácido era mais agudo na zona do Capitolio, para o lado do parque da Fraternidad. Penetrava no nariz. Alguém nas sacadas perguntou o que estava acontecendo. Responderam:

— Um vazamento de amoníaco.

— Dizem que em Tallapiedra, que pode explodir.

— Tem um monte de gente com asfixia. Estão levando todos para a emergência.

Continuaram perguntando dos balcões. Os que fugiam eram vizinhos daquela área, dos arredores de Tallapiedra. Uma radiopatrulha com alto-falante passava lentamente pela Águila. A luz vermelha girando no escuro. Iluminando brevemente os edifícios em ruínas, as pessoas fantasmagóricas. A voz de um policial, retumbante, rebatia nas paredes, fazendo eco:

— Dirijam-se em ordem para o Malecón. Abandonem a área. Esperem no Malecón até que cesse o alarme. Evitem acidentes. Não vai

acontecer nada. Evitem o pânico. Evacuem a área. Com ordem, mas depressa. Para o Malecón. Não vai acontecer nada, para o Malecón.
Rei continuou subindo contra a corrente. Era um mar de gente sonolenta descendo na noite para o Malecón. O cheiro de amoníaco cada vez mais intenso no ar. Rei pensava em Magda: "Vai sufocar. Deve estar no quarto". Chegou até a rua Monte. Carros de bombeiros e patrulhas policiais. Haviam estendido um cordão de isolamento. Impediram-no de passar. O cheiro ali era muito forte. Os policiais tinham amarrado lenços no rosto. E foram brutais com ele:
— Pra baixo. Pra baixo. Para o Malecón. Não pode passar, cidadão!
Eram milhares de evacuados. As sirenes dos carros policiais e os caminhões também buzinando. Era preciso despertar todo mundo e fazer com que saíssem velozmente de suas casas. Não havia como chegar até Magda. Não quis discutir com os policiais e com os bombeiros. Era inútil. Retirou-se pela Industria e sentou-se na calçada, atrás do Capitolio, em frente à Partagás. Era difícil respirar com o cheiro de amoníaco. Milhares de pessoas passavam tossindo, cansadas, amortecidas talvez, meio intoxicadas. Vários lhe tocaram o ombro:
— Rapaz, depressa, vá, ande. Não fique aí.
— Vai sufocar aí. Desça logo.
Ele não se mexeu. Só pensava em Magda. As pessoas continuavam passando à sua volta. Pondo-se a salvo. Ficou ali, quem sabe, meia hora. Uma hora. Começou a amanhecer. O cheiro tinha desaparecido. Ou teria se acostumado? As sirenes não soavam mais. Levantou-se. Esticou as pernas. Mexeu-se. Pegou de novo o caminho para Jesús María. Nesse momento, as sirenes recomeçaram a uivar. Os policiais e os bombeiros começaram a se retirar. Uma radiopatrulha, duas radiopatrulhas, três, quatro, todas falando ao mesmo tempo pelos alto-falantes. Não se entendia o que diziam. Rei pareceu escutar:
— Podem voltar... parou... controlado... vazamento... devem voltar... evitem... acidentes... lares... voltar de imediato...
Rei se apressou um pouco mais. Desceu pela Ángeles e foi direto para o edifício de Magda. Ou melhor: para os escombros onde Magda vivia.

* * *

Encontraram-se de supetão na frente do edifício e quase se chocaram:
— Eh, Magda!
— Rei!
— Porra, ainda bem que você saiu a tempo.
— Hahahaha.
— Está rindo do quê? Tenho certeza de que faltou pouco para você sufocar.
— Como você sabe?
— Porque você dorme como uma pedra... não escuta nem as sirenes.
— Hahaha, como você me conhece, *papi*. Foi isso mesmo. Faltou pouco para eu ir embora. Agora eu podia estar do outro lado.
— E como...?
— O vizinho. O velho do lado. Ficou batendo na porta até eu acordar.
— Salvou sua vida.
— Levaram nós dois para o hospital. Saímos meio sufocados.
— E ele?
— Deixaram internado. Já está muito velho, imagine. Mas aquilo... tinha lá umas quinhentas pessoas meio sufocadas. Deixaram o velho jogado num canto. E eu me mandei... pronto.

Falavam e iam subindo a escada. Rei estava feliz. Em seu ambiente. Só de olhar para Magdalena teve uma esplêndida ereção. Não a escondeu. Gostava de exibir sua pica rígida.
— Rei, que é isso? Eu não disse pra você não aparecer na minha casa?
— Olhe isto aqui, *mamita*. Olhe o que você faz comigo.

Magda olhou. Havia dias não fazia sexo.
— Eh, e esse pau duro? Eu nem toquei em você.
— Só de olhar pra você já fico assim. Que você quer?
— Ai, *papi*, você cada dia fica mais louco.

Magda agarrou seu pau por cima da calça. Apertou. Só soltou um instante para abrir o cadeado. Entraram. E de novo apertou e massageou em cima das pérolas. Magda estava magra de tanto passar fome, se lavava muito pouco por falta de água e sabão, não raspava as axilas porque não tinha lâmina, a roupa suja, os dentes manchados. Quando tinha uns pesos, gastava com rum e cigarros. Enfim, um desastre. A sujeira. Os dois eram imundos. Não vinham do pó e ao pó regressariam. Não. Vinham da merda. E na merda continuariam.

Despiram-se. Magda com as costelas aparecendo por baixo da pele. O esqueleto visível. Rei um pouquinho mais cuidado e vitaminado ultimamente. Mas, de qualquer jeito, bonito, pro sapo, é a sapa. Foi uma loucura. Não se cansaram. Se aquilo não era amor, parecia muito. A paranoia do sexo, das carícias, da entrega. Em algum momento, Magda meteu o dedo no cu de Rei. Dois dedos. Três dedos. E Rei gozou a primeira vez. Magda chupou o cu dele e continuou brincando com os dedos. E Rei deixou que fizesse, e guinchou e suspirou, desfalecido de prazer. Algo em seu machismo a todo custo não lhe tinha permitido isso até agora. Era a entrega total.

Como sempre, alimentaram-se de rum, maconha, amendoim, cigarros. Chegou a noite, dormiram. Continuaram no dia seguinte. Rei saiu algumas vezes para buscar rum, pão com croquete, cigarros. Não havia dinheiro para mais que isso. Magda cozinhou um pouco de arroz. Comeram um prato, com abacate. Voltou a anoitecer. Dormiram umas horas, e de novo Rei com a pica dura. E continuavam e continuavam. Ao terceiro dia, de manhã, Magdalena reagiu:

— Rei, só tenho mais vinte pesos e preciso comprar amendoim. Não posso gastar esse dinheiro com rum.

— Bom, tá bom.

— Vou até a praça e volto logo.

Fazia mais de quarenta e oito horas que tinham se isolado do mundo. Haviam retomado seu amor despudorado e o sexo louco. Sentiam-se muito bem. Magda orgulhosa novamente de ter um marido assim:

— Você é mesmo o Rei de Havana, *papi*. É um louco.

— Vou fazendo os cartuchos.

— Em menos de uma hora estou de volta. Faça cem cartuchos só.

Rei fez os cem cartuchos de papel. As horas passaram. Atirou-se na enxerga para dormir. Chegou a noite. Despertou louco de fome no meio da escuridão. E Magda sumida. Não tinha dinheiro, nem vontade de sair para a rua. Ainda havia um pouco de rum e cigarros. Com uns tantos tragos caiu nocauteado. Dormiu até o dia seguinte. Acordou com uma ressaca terrível, com gastrite. Fez um esforço e saiu para a rua de algum jeito. Apesar da roupa limpa, tinha recuperado aquele aspecto desalinhado de vagabundo. Com grandes olheiras, cabelo emaranhado e sujo, cara de bêbado esgotado e encardido. Pegou a Factoría. Chegou à Monte. Seu corpo e sua mente eram uma mistura de fome e cansaço tal que não conseguia pensar. Só andava. Foi até a Galiano e ficou ali, naquela encruzilhada. Muita gente vendendo e comprando. Sem pensar, estendeu a mão e murmurou alguma coisa para as pessoas que passavam. Ninguém olhou para ele. "Estou com fome, por favor... estou com fome, por favor, me dê... estou com fome, me dê alguma coisa para... estou com fome... estou com fome, por favor, me dê..." Ninguém deu nem um centavo. Tinha de roubar alguma coisa, pegar uma bolsa. Continuava com a cantilena, pedindo e ao mesmo tempo observando de rabo de olho. No primeiro descuido de alguém... havia vários policiais por ali. Um ruído de vidros quebrados. Um negro de calça curta, sem camisa, com um pé só de sandália de borracha, o outro pé descalço. Jogou uma pedra na vitrina de uma loja de artigos de couro. Os vidros caíam em cacos no chão. O sujeito tentou pegar uma bolsa de couro. Não os sapatos. Só uma bolsa. Cortou os pés, os braços, as mãos. Alguns turistas filmavam em vídeo e tiravam fotos. Dois policiais chegaram correndo. Enfurecidos, claro. Desembainharam seus cassetetes de borracha sólida. Viram as câmeras. Guardaram os cassetetes. O sujeito já estava com a bolsa na mão. Estava sangrando, mas não fugia. Centenas de pessoas pararam para olhar. Os policiais gentilmente lhe tiraram a bolsa e o pegaram. O sujeito se safou e começou a injuriá-los, porque queria sua bolsa de couro. Seguramente estava louco. Os policiais o pegaram de novo e com muito cuidado, como se se tratasse de um merengue, trataram de levá-lo para longe dali. Umas negras gozadoras e alegres, com as bundas enfiadas em lycras bem justas, aproveitaram a confusão para roubar sapatos da vitrina. Descobriram que só havia um pé de cada par. Só expunham o esquerdo. O direito ficava bem guardado.

Então jogaram os sapatos de volta para dentro da vitrina. Dois empregados da loja apareceram correndo do lado de dentro e pegaram sapatos, bolsas, chinelos. As câmeras captando tudo. Chegaram dois policiais enfurecidos. Os que estavam em ação lhes disseram alguma coisa rapidamente. Os novos protagonistas olharam as câmeras. Ah, claaaaro. Guardaram os cassetetes. Os quatro juntos, muito suavemente, levaram embora o sujeito que insistia em voltar e pegar a bolsa. As pessoas seguiram seu rumo. Os turistas fizeram sua última tomada. Tudo ocorrera em dois ou três minutos. Nesse tempo, Rei ficou alerta, observando alguma oportunidade. Nada. As mulheres agarravam com firmeza suas bolsas. Não havia turistas tontos. Nada. Continuou pedindo. Sem esperanças, mas pedindo.

Daí ficou nublado. Em quinze minutos, o céu cobriu-se de grandes nuvens negras e carregadas. Soprou um vento forte, do norte. Uns trovões com relâmpagos. Começou a chover em grandes gotas. Os vendedores de rua recolheram apressadamente suas coisas. Rei pensou em pegar uns pães de um sujeito que vendia pão com leitão num carrinho. Mas não se atreveu. Havia gente demais. O sujeito deixou cair no chão dois pães com leitão assado. Três pães. Ia cair o quarto. O sujeito conseguiu agarrar o quarto no ar. Fez um gesto para recolher os que estavam caídos no chão, mas havia muita gente olhando. Não. De um salto, Rei estava ao lado do carrinho. Pegou os pães e comeu. Uhm, pão com leitão! Chegou quase a pedir que o sujeito lhe pusesse um pouco de molho apimentado. Mas o homem olhou para ele de cara feia. Rei se conteve.

A chuva e o vento aumentaram. Era uma cortina de água densa. Trovões e relâmpagos. As pessoas se refugiavam nos pórticos. Algumas entraram na Ultra. Para passar o tempo olhando uma loja. Logo estiaria e todos se poriam em marcha de novo.

Mas não estiou. Choveu durante horas e mais horas. As pessoas seguiram, se molhando. Pouco a pouco, os pórticos ficaram desertos. Rei permaneceu ali, com seu hábito de pedir esmolas. O sujeito do pão com leitão não vendeu mais. Às nove, jogou fora os pães que sobraram. A carne, ele tirou dos sanduíches e levou consigo no carrinho. Eram dezoito pães, sem carne, mas com um molhinho. Debaixo daquele dilúvio infernal, Rei recolheu os pães, embrulhou-os num pedaço de plástico e desceu de novo pela Ángeles até o edifício. Chegou ensopado, mas contente. Magda ainda não tinha chegado. Para se livrar da raiva, falou em voz alta:

— Porra, faz doze horas que foi buscar amendoim! Será que está plantando?

Comeu alguns pães. O quarto estava cheio de goteiras por todo lado. Entrava água pelo teto rachado, pelas fendas das paredes e pela janela pequena, coberta apenas com um pedacinho de tábua. No escuro, com a água correndo pelo chão, Rei achou um canto seco, perto da porta. Colocou aí o colchonete e dormiu, escutando a chuva incessante, as rajadas de vento, os trovões.

No dia seguinte, a chuva continuou. Parava uma hora e chovia quatro, intensamente. De onde saía tanta água? Rei passou o tempo todo sozinho, comendo pães. Preocupado com a ausência de Magda. "Deve estar com algum velho. Decerto vai voltar com pesos", pensou. Por sorte, aquele pequeno pedaço de chão continuava seco. O resto do quarto era um rio. "Chove mais dentro do que fora", pensou. Cochilou um pouco de noite. Amanheceu. Continuava chovendo. Já era demais. Não havia muito vento. "Será um ciclone?" Nunca tinha visto um. Sabia deles pelos relatos da avó e da mãe. Fazia um dia e meio que estava chovendo. Sobravam ainda alguns pães. Contou-os. Sete. Saiu para o corredor. A água corria por todo lado. O prédio estava quase totalmente demolido. No pedaço que sobrava em pé tinham vivido Sandra, o velho que salvou a vida de Magda e eles dois. Não havia ninguém agora. Sandra na prisão, o velho no hospital, ou morto, Magda perdida debaixo da chuva. Rei não aguentou mais a vontade: abaixou ali mesmo e cagou tranquila e abundantemente. Limpou-se com o papel dos cartuchos. Estava quase terminando quando Magda apareceu, ensopada, subindo a escada. Vinha escorrendo água. Quando viu Rei cagando, se pôs a rir às gargalhadas.

— Está rindo do quê, *chica*?
— Você parece um macaco cagando, hahaha.
— Você some dois dias e ainda tem vontade de rir.
— Se não gostou, se mande. Eu estou na minha casa, *papi*.
— Como sua casa?

Entraram no quarto. Magda ficou pasma:
— Ai, minha mãe, isto aqui nunca ficou assim tão molhado!
— Não mude de assunto, Magda.
— Menos mal que você pôs o colchonete num lugar seco.
— Magda, onde é que você andou? Em qual putaria?
— Olhe, trouxe o amendoim, e umas caixinhas de comida...
— Magda, responda.
— Ai, *papi*, chega, pare de bancar o marido.
— Não é nada disso. Faz dois dias que estou esperando. E você sumida.
— Chega, chega, bobinho, vamos comer isto aqui...
— Não vamos comer porra nenhuma, Magda... Não brinque comigo.
— Está bravo?
— Claro que estou bravo! Puto da vida, é isso que eu estou! Você é uma puta...
— Puta, porra nenhuma, Rei! Puta, porra nenhuma, Rei! Não se faça de durão. Você não passa de um moleque comedor de merda e morto de fome, de dezessete anos. Eu estava com o pai do meu filho, que é um negrão imenso e forte, de quarenta anos, que tem casa com tudo dentro, e gosta muito de mim, e tem grana. Isso, sim, que é homem! Cheio da grana e que me ajuda muito! Você é um merda, Rei, um fodido, então não me enche mais o saco!

Rei foi para cima dela e lhe deu umas bolachas. Magda se defendeu e arranhou a cara dele. Rei lhe deu um bom soco. Ela caiu no chão. Ele lhe deu uns tantos chutes. Ela o pegou pelo pé e fez com que perdesse o equilíbrio. Rolaram na água cheia de limo. Isso esfriou um pouco os dois. Pararam de se ofender. Ficaram tranquilos. Sem se mexer. Magda começou a soluçar. Rei abrandou quando a viu chorando:
— Magda, pelo amor de Deus, não chore.
— Ai, Rei, gosto tanto de você, Rei, tanto. Como gosto de você, como me faz falta.
— E esse negro?
— Também.
— Também o quê?

— Gosto dele também. Estou apaixonada pelos dois. Não entendeu, não, cretino, imbecil?
— Não me ofenda. Não me ofenda!
— Gosto dos dois. Ai, Rei, estou no meio... esqueça disso. Agora estou com você.
— Sei, depois diz a mesma coisa para ele.
— Não, *papi*, não.
— Ahh.
Rei não entendia aquilo. O ciúme o enfurecia de novo. Magda o acariciou e o beijou com tanta ternura que Rei se tranquilizou. Despiram-se. Foram até o colchonete. Fizeram amor suavemente, como nunca. Rei penetrou-a profundamente, com todo o amor do mundo.
E se adoraram de novo.
Magda tinha algum dinheiro. Rei pediu para comprar rum.
— Está louco, Rei? Está tudo fechado. Inundação para todo lado.
— Como você sabe?
— O pai do menino tem uma casa normal. Até rádio tem. Não uma pocilga como esta.
— Ahh.
— Além disso, vim a pé. Não tem ônibus nem nada. Nada de nada. Agora está tudo fodido.
— Então não tem nem rum, nem cigarro.
— Não tem nada, *papi*. Nada.
Não havia nada, mas se adoravam. Continuava chovendo copiosamente lá fora. Às vezes com muito vento. No dia seguinte, às três da tarde, o temporal continuava no apogeu. Fazia setenta e duas horas que chovia em Havana, com ventos fortes, rajadas, trovões. A cidade, paralisada.
— Quando estiar quero ir para o interior. Faz tempo que não vejo o menino.
— Você quer ver é o pai do menino. Não queira me enganar.
— Eeeeuu?
— É, vocêêêê. Não se faça de besta.
— Como você é cínico.

— E você uma filha da puta.
— Hahaha.
Estava escurecendo. Anoitecendo, e Magda rindo às gargalhadas. Ela gostava de provocar a ira de Rei. Nesse momento, as paredes começaram a ceder. Tinham absorvido toneladas de água. As pedras, rachadas, depois de mais de um século resistindo, resolveram que bastava e se partiram. Um estrondo enorme e tudo veio abaixo. O teto e as paredes. O piso também cedeu e continuou cedendo mais cinco metros, até o chão. Só ficou em pé aquele pedaço mais seco e firme, junto à porta da entrada. Ali estavam os dois, sentados sobre a enxerga. No meio do pó e da escuridão se tocaram e se abraçaram. Estavam vivos!

— Ai, Rei, pelo amor de Deus! Você está bem? Vamos, temos de ir depressa, corra.

— Não, não, porra, aiiii!... porra!

Rei tentou puxar a perna esquerda, esmagada debaixo de um enorme pedaço de pedra. Não conseguia. Por fim, Magda conseguiu enxergar o que estava acontecendo, apesar do pó e do escuro. Tentou ajudá-lo, empurrando a pedra. Era inútil. Pesava demais. Escutavam o ranger da parede e do pedaço de chão ainda em pé. A qualquer momento cairia também. Em seu desespero, aprisionado, Rei tateou ao redor e encontrou um pedaço de cano. Puxou-o para si:

— Pegue, Magda, faça uma alavanca com isso!

Ela tentou várias vezes. A pedra se mexeu um pouco. Mais um pouco. Rei puxou com força e tirou a perna, esmagada naquela ratoeira. Tinham de fugir. Saíram para o corredor. Não existia mais escada. Havia desmoronado também. Os dois estavam em cima de um pedacinho de piso e parede, a cinco metros de altura. Incrivelmente, aquilo se mantinha de pé. Rei não pensou. Pegou Magda pela mão e disse apenas:

— Vamos!

Saltaram e caíram de quatro sobre os escombros. Machucaram as mãos e os joelhos. Rei estava mancando. Saíram para a rua. Apesar da chuva, havia um grupo de trinta ou quarenta curiosos. Um deles gritou:

— Olhe, sobraram dois vivos!

Eles não olharam para trás. Foram andando para a estação de trens. Atrás deles ressoou um estrondo: o último pedaço do quarto de Magda também veio abaixo.

Rei andava mancando. Doía-lhe o tornozelo. Vestia apenas bermuda. Magda tinha um short e uma blusa esfarrapada que conseguiu agarrar a tempo. Os dois sem sapatos. Cobertos de pó branco. Arrasados. Desorientados. Pareciam dois loucos saídos do inferno. A estação de trens estava cheia de famílias evacuadas, crianças chorando, gente fazendo fila por um balde de água. Nos arredores, havia também muita gente dando voltas. Era zona de catástrofe. Dezenas de edifícios desmoronados. Ninguém sabia quantos mortos e feridos havia até o momento. E continuava chovendo intensamente. Magda abraçou Rei, refugiados no batente de uma porta, em Egido:

— Porra, Rei, perdi uma caixa de amendoim e cinquenta pesos.
— Não tem importância. Salvamos a vida.
— Está doendo a perna?
— O tornozelo.

Magda examinou. Não tinha nenhuma inflamação. Mas doía.
— Será que quebrou algum osso?
— Sei lá.

Em frente, no pórtico da estação, havia uma barraca de campanha com uma bandeira da Cruz Vermelha.
— Olhe, Rei. Ali deve ter médico.
— Não, não, não.
— Como que não! Vamos!
— Não. Eu não vou.
— Por quê, Rei?
— Não gosto de médico, nem de dentista, nem de nada disso.
— Rei, não seja bobo! Vamos!

Magda pegou-o pelo braço e quase o arrastou. Ali só atendiam urgências graves. Não podiam cuidar dele. Alguém indicou que nos armazéns do pátio tinham instalado um pequeno hospital. Ainda mais molhados, chegaram ao pátio da estrada de ferro. O hospital parecia um manicômio. Eram os armazéns de carga expressa. No meio de objetos de todo tipo, chegados do interior, mas que não podiam ser entregues, foram instalados catres, camas de campanha, ou simples colchas no chão. Havia ali doentes, médicos e muita gente. Todos andando, correndo, gritando, falando. Tudo ao mesmo tempo. Depois de muita insistência de Magda — Rei não falava nada — uma enfermeira os atendeu. Examinou o tornozelo de Rei:

— É, pode ter uma fratura... não sei... se bem que... não está inflamado... Dói?... Não sei dizer... tem que ver um ortopedista.

— Bom, então vamos ver ele agora.

— Náááo, meu amorrr, aqui não dá.

— Por que não, minha filha?

— Porque não tem ortopedista. Procurem um hospital normal. Isto aqui é só para emergência.

— Menina, isto é emergência. Meu marido fodeu a perna debaixo da pedra. A casa caiu em cima da cabeça da gente e...

— Escute, dona, controle-se! E fale direito, que não está na sua casa. Ele não está ferido, nem sangrando, de forma que não é grave, nem urgente. Aqui-não-tem-or-to-pe-dis-ta. Entendeu? Não é que eu não queira atender. É-que-não-tem-or-to-pe-dis-ta. Entendam, por favor!

A enfermeira saiu correndo para o outro lado. Dezenas de pessoas esperavam atendimento. Rei e Magda foram embora. Saíram de novo para a chuva.

— Ainda bem que parou de relampejar, santa Bárbara bendita.

— Por quê?

— Tenho medo de raio.

Rei mancava, apoiado em Magda. A cidade completamente paralisada. Às escuras. Com vinte e quatro horas de chuva, a cidade caiu em estado de coma. Interrompeu-se o fornecimento de eletricidade e de água, de telefone, gás, transporte público. Nada de alimentos. Rei e Magda nem se deram conta.

A chuva às vezes cedia e se transformava numa garoa fina. Saíram na avenida del Puerto, foram para os elevados do trem. Nos arredores de Tallapiedra havia onde se abrigar: maquinaria abandonada e enferrujada, pranchas metálicas, matagais. Enfiaram-se debaixo

de um caminhão meio podre. Pelo menos estava seco. Estavam espirrando. Haviam se resfriado. Descansaram um pouco e dormiram.
No dia seguinte, todos os ossos lhes doíam. Tentaram se levantar. Rei fez um esforço extraordinário e conseguiu andar. Estava nublado, mas a chuva e o vento tinham parado. Reinaldo tomou a sua antiga rota. Sabia aonde ir.
— Vamos pra onde, Rei?
— Pra minha casinha. Você vai ver.
— Hahaha.
— Magda, pelo amor de Deus! Não dê risada assim, porra!
— "Pra minha casinha", quem vê pensa que é verdade.
— Ahh, você é muito gozadora.
Andaram mais uma hora. Quando seus corpos esquentaram, se sentiram melhor e andaram mais depressa. Magda suspirou e disse:
— Pede e te será concedido.
— O quê?
— Os padres dizem isso.
— Você vai à igreja?
— Não, mas fico parada na porta, com o amendoim. E os padres dizem assim: "Pede e te será concedido".
— Bela merda.
— Uhm, uhm.
— Peça uma casa, Magda. Vamos ver se ela cai do céu.
— E comida, Rei... que fome que eu estou
— Eu também.
O rastro de carrocerias enferrujadas e podres estava à vista. Rei se animou. Havia muita erva daninha verde e espinhenta. E muita lama. Pequenos riachos pela terra. Depois de quatro dias de chuva, o solo não conseguia absorver mais nada. Rei a conduziu. Entraram ali, sem sapatos, chapinhando na água e no limo. Ele conhecia o lugar muito bem, mas não encontrou o contêiner. Alojaram-se na carcaça de um velho ônibus. As pessoas arrancaram os pedaços de lata, mas ainda sobrava alguma coisa. A fome os devorava por dentro.
— Magda, não aguento mais.
— A gente precisa arrumar alguma coisa pra comer, Rei. Se ficar aqui, vamos morrer de fome.

— Tenho de dormir. Não aguento mais.
— Os homens são frouxos mesmo... não é pra tanto, Rei. Podia ser pior.
— É, sempre podia ser pior... porra.
— Ahh, deixe eu ver o tornozelo... Está doendo?
— Bastante.
— Frouxo. Você é um tremendo de um frouxo.
— Foi pra isso que você perguntou? Não me enche, menina.
— Rei, lá atrás tem umas casinhas...
— Eu sei, mas nunca cheguei perto dessa gente porque...
— Porque você é um bicho do mato, mas eu não sou, vou lá. Quem sabe dão alguma coisa de comer para a gente.
— Não vão dar nada.
— Quer apostar?
— Quero. Cem dólares que não dão.
— E eu boto cem dólares que dão. Case aqui... hahaha.
— ... se a gente tivesse cem dólares... ahhh...
— Eu vou. Ponha a mesa, os pratos, os guardanapos, tudo, que eu já volto com o rango, hahaha.

Magda foi. Dentro do ônibus, restavam pedaços dos bancos. Rei arrumou uma coisa parecida com um sofá. Acomodou-se para dormir. O enorme depósito de lixo da cidade, a uns cem metros, exalava um fedor insuportável, nauseabundo. Rei sentiu o cheiro e ficou à vontade. Os odores da miséria: merda e podridão. Sentiu comodidade e proteção à sua volta. Ah, que bom! E dormiu tranquilamente.

Duas horas depois, Magda voltou. Trazia um prato de arroz, duas batatas fervidas e um vidro de água com açúcar. Acordou Rei:
— Vá, *papi*, coma isto aqui e me dê meus cem dólares que eu ganhei.
— E você?
— Eu já comi.
— Já comeu? Quem deu isso pra você?
— Ah, hahahaha...
— Você e os velhos, os velhos e você.
— Coma e não me amole mais.

Rei dormiu de novo. Magda já estava roncando a seu lado. Quando acordou era de noite. Magda tinha sumido. O tornozelo não doía enquanto estava em repouso. Tornou a dormir.

Magda voltou no dia seguinte, de tarde. Trazia uma pizza, cinco pesos, cigarros. Tinha ganhado de presente uns sapatos velhos.

— Nossa, como você é rápida.

— Coma a pizza. A gente precisa procurar um médico. Esse tornozelo...

— Não. Nada de médico. Sara sozinho.

— Mas continua doendo.

— Quando eu mexo.

Em uma sacolinha, Magda trouxe uma blusa, uma saia, uma calça, uma camiseta. Tudo usado, mas limpo. Vestiram-se.

— Tenho de arrumar um sapato ou uma sandália. Assim não dá para ficar.

Calaram-se um pouco. Se olhando. Magda começou a rir às gargalhadas. E contagiou Rei. Despiram-se de novo. E se olharam bem. Rei já estava com a pica a toda. Magda subiu em cima dele, às gargalhadas. E Rei chupou a boceta ácida, suja, com cheiro forte. Gostava assim, bem hedionda. Então, ela o chupou. Fizeram um meia nove. Fazia muitos dias que não tomavam banho. Eram dois porcos, se desejando como animais. E começaram mais uma de suas trepadas loucas. Ela dizia para ele uma vez ou outra:

— O que você fez comigo, desgraçado? Como eu amo você! Ai, que gostoso! Mete tudo! Tudo. Tudo. Até o fundo! Me faz um filho, porra, me faz um filho!

— Verdade? Quer que eu faça um filho em você?

— Ai, quero! Mete esse pauzão até o fundo! Até o fim! Me faz um filho! Que eu cada dia gosto mais de você! Me engravide que eu quero ter um filho seu!

Assim passaram os dias. Lentamente para Rei. Sempre esperando Magda voltar. Às vezes, ela chegava muito tarde da noite, ou de madrugada. Trazia alguma coisa de comer, dinheiro, alguma roupa velha. Rei ficava com ciúme. Principalmente quando ela passava um dia inteiro sumida. Eram brigas gigantescas. Se batiam, se ofendiam. O ciúme os enfurecia. Ela o tranquilizava enchendo-o de rum, de maconha, de dinheiro, de comida. E depois com uma grande loucura de sexo. Era um rito de ódio e amor. De tapas e ternura. Ela derramava lágrimas de emoção quando ele a calçava bem atrás, bem no fundo, e a beijava com ternura, até resfolegar como um touro e soltar seus jorros de sêmen quente, fértil, abundante:

— Toma, sem-vergonha, que vou fazer um filho em você, porra! Toma a porra que vou fazer um filho em você!

E ela sentia a porra caindo quente e espessa, e penetrando. Todo dia assim. Ela voltava sempre. A qualquer hora. E o mantinha na insegurança. Furioso de ciúme. Ela recebia todo dia a sua ração de tapas e em seguida a sua ração de amor e sêmen. Rei já podia andar. Mancando. Ainda doía um pouco. Achou um pedaço de serra enferrujada. Afiou pacientemente o ferro. Fez uma faca. Pequena, mas muito afiada. Cortou um pedaços de pau e fez uma bengala. Tinha tempo de sobra. Entalhou nela uma pomba, uma cobra, uma espada. Lembrou-se da época em que fazia tatuagens. Saíram bons os desenhos. Aproveitou o tempo para entalhar pacientemente. Agora andava muito melhor, apoiado na bengala. Passava muito tempo sozinho. Sonhava em engravidar Magda. Ter três ou quatro meninos. Gostava daquela mulher. Adorava. Queria Magda só para si. O único problema é que ela sumia muito tempo e ele nunca sabia com quem estava, o que fazia, onde se enfiava. Pensou que devia procurar umas tábuas e uns pedaços de plástico para armar uma casinha. Ali mesmo. Longe de todo mundo. Talvez pudesse vender amendoim também. Ou procurar algum outro trabalho. E controlar Magda. Fazer com que o respeitasse e deixasse de putaria. "É uma vagabunda de merda, mas como gosto dela. Como gosto dessa vagabunda", pensava.

Procurou o material nos arredores. Nesse dia, Magda voltou cedo, ainda era dia. Trouxe quarenta pesos, comida, rum, e tinha tomado banho.

— E essas tábuas, Rei?
— Vou fazer uma casinha.
— Aqui?
— Aqui.
— Porra!
— Porra por quê?

— Porque já tenho sessenta pesos guardados e vou começar de novo com o amendoim.

— E aí? Quem sabe eu também vou vender amendoim... ou alguma outra coisa... não sei.

— Uhmmm... não sei.

— Não sabe o quê? Não me enrole e fale.

— Acho que você me engravidou.

— Eeeuuu?

— É, vocêêêê. O único marido que eu tenho é você, e quando você goza a porra me chega até a garganta, de modo que não invente. É seu!

— E os velhos? Esse bando de velhos que...?

— Nada, nada. Os velhos não engravidam, não têm porra, nem ficam de pau duro nem nada. Este é seu! Não tire o corpo fora!

Magda tinha trazido uma vela. E treparam de todos os jeitos que conseguiram inventar naquela luz mínima. Adormeceram, rendidos de cansaço. No dia seguinte, Magda saiu muito cedo. Rei começou a construir sua casinha. Encostada na carroceria do ônibus para maior resistência. Investiu nisso todo o dia. E ficou orgulhoso. Não tinha ferramentas. Só a faquinha de aço e um pedaço de ferro que fazia as vezes de martelo. Era mesmo o Rei de Havana!

Mas Magda não voltou essa noite. Nem no dia seguinte. Nem no outro. Rei ficou ansioso, muito furioso, babando de ciúme e frustração. Dava corda a si mesmo. "Essa vagabunda sem-vergonha está me jogando na merda. E ninguém me joga na merda."

Por pouco não destruiu a casinha. Para se distrair, construiu um banquinho de madeira. Com pregos velhos que tirou de umas caixas de embalagem. Nem assim acabou com a raiva. Passaram três dias e três noites. Magda voltou na tarde do quarto dia. Chegou radiante de alegria no meio do crepúsculo. O pescoço marcado com chupões violáceos e mordidas. Muito feliz, sorridente. Usava saia, blusa, sapatos de plástico. Tudo velho, claro, mas com bom aspecto. Rei a pegou pelo pescoço, violento, e lhe aplicou dois bofetões no rosto.

— Onde você se enfiou, puta de merda? Sumiu faz quatro dias!

— Ei, solte! Solte!

— Eu sou seu marido, e tem de me respeitar.

— Não respeito, e você não é meu marido porra nenhuma!
— Está cheia de chupão no pescoço, descarada! Com quem você estava? Diga!
— Vendendo amendoim.
— Amendoim o cacete! Quem fez esses chupões?
— O que você tem com isso?
Rei bateu mais.
— Diga, puta de merda! Quem foi?
— Sofra, porque eu não vou dizer.
Rei se enfureceu mais e mais. Bateu nela com força. Deu-lhe uns tantos socos e quase desencaixou sua mandíbula.
— Estava com o pai do meu filho! Esse, sim, é homem. Que cuida de mim, me dá roupa, comida, dinheiro, me leva pra passear. Esse negrão sim é que é homem!
Rei a esbofeteou mais, cego de fúria:
— E eu sou o quê, puta de merda?
— Você é um morto de fome! Um inútil. Um cagão. Me esperando aqui, veado. Eu gosto é de homem, não de menino feito você... frouxo de merda!
— Você é uma puta!
— Puta, mas com o macho que eu gosto! Esse negrão me comeu três dias seguidos. Sem parar. Você é um menino perto dele. E se eu estou grávida é dele. Isso é pra você saber e não se meter a besta. Vou ter mais um filho dele!
Ao ouvir isso, Rei ficou totalmente louco. Pegou a faquinha e de um só golpe lhe rasgou a face esquerda, da orelha até o queixo. Um corte tão profundo que pôs à vista os ossos, os tendões, os dentes. Gostou de vê-la assim, desfigurada, com o rosto rasgado e o sangue correndo pescoço abaixo:
— Está vendo, puta, eu é que sou homem. Viu?
Ela, aterrorizada, levou as mãos à ferida e continuou gritando para ele:
— Veado, filho da puta! O negro vai matar você! Vou botar ele na sua cola pra matar você!
Rei, já sem controle, acertou-lhe outro corte no pescoço. Cortou-lhe a carótida. De um só golpe. Um jorro de sangue voou e en-

sopou ambos. Magda abriu os olhos desmesuradamente. Outro jorro de sangue, com força. O bombear do coração. Outro mais, muito mais fraco. Magda desmaiou. Caiu no chão. Brotou muito sangue daquela ferida. E morreu em questão de segundos. Rei, em choque, não sabia o que fazer. Tirou a roupa de Magda. Despiu-se. Ambos os corpos cobertos de sangue pegajoso. Coagulando rapidamente. A terra absorvia o sangue. Ainda estava quente. E Rei teve uma ereção. Abriu as pernas dela. Introduziu o pau. Ela não se mexia.

— Mexe, desgraçada, mexe, e puxa a minha porra, puta de merda! Fala alguma coisa, vai, fala alguma coisa!

Em poucos segundos Rei soltou seu sêmen. Tirou o pau ainda ereto, escorrendo porra, e sentou-se na barriga de Magda. Estava escurecendo. E ali ficou. Sentado em cima do cadáver no meio da poça de sangue. No escuro, sem saber o que fazer.

Acabou se levantando. Tinha a cabeça vazia. Não se ouvia nada. Só o fedor repelente do depósito de lixo lhe recordando que não estava sozinho no mundo. Voltou a entrar. Procurou um toco de vela, acendeu-o para olhar bem para Magda. Aproximou a luz do rosto dela. Tinha uma expressão insuportável de horror. E os olhos abertos. O corte na face esquerda a deixava ainda mais repelente. Foi passando a luz detalhadamente por todo o corpo coberto de crostas de sangue. Os peitinhos mínimos, o umbigo, os pentelhos da pélvis. Uhhh, teve outra ereção. Pôs a vela na terra. Masturbou-se um pouco. Com o olhar fixo na boceta de Magda. Abriu-a com os dedos e pôs a vela bem perto para ver melhor.

— Não vou soltar a porra fora. Nem pense nisso.

Penetrou-a. Nunca havia sentido uma coisa tão fria em seu pau. E gozou em seguida. Sem tocar mais em cima dela. Não queria olhar. Estava hipnotizado pela boceta de Magda. O resto do corpo era um monturo de sangue coagulado. Quando soltou a porra, tirou o pau. Sacudiu os restos e disse a ela em voz alta:

— Vá gozar de outro, Magdalena! Eu sou o Rei de Havana! Ninguém me goza, muito menos uma puta de rua que nem você!

Agora estava satisfeito. Apagou o toco de vela. Deitou-se e dormiu tranquilamente a noite toda.

No dia seguinte, acordou ao amanhecer e se sentiu bem. Olhou o cadáver a seu lado, coberto de sangue, com aquela expressão de horror. E voltou a falar com ela:

— Vai me gozar? Vai continuar me gozando? Olhe o que aconteceu. Continue me gozando que corto você mais ainda. Eu sou o Rei de Havana e quero respeito!

Chegou à porta. Tranquilidade absoluta. Ninguém por perto. Olhou as próprias mãos, os braços, o peito. Estava imundo de tanto sangue coagulado. Até o cabelo estava pegajoso. Raspou-se com a faquinha. Cuidadosamente. Raspou a seco todas as crostas. Procurou nos bolsos da blusa de Magda. Nada, mas encontrou uma sacola plástica. No escuro, não tinha visto aquilo. Continha trinta pesos, dois pães, cigarros, uma camisa limpa. Comeu os pães, experimentou a camisa. Caiu-lhe bem. Guardou o dinheiro e os cigarros. Saiu. Pôs um pedaço de lata na porta, bem calçada com um pedaço de ferro. E afastou-se até a estrada. Era pouco provável que alguém encontrasse aquela casinha, rodeada de ervas daninhas e sucata. Bastava se afastar um pouco e já não se via a casinha, bem camuflada no meio de toda a porcaria.

Continuou andando, com sua perna manca, apoiado na bengala. Sentia-se bem, livre, independente, tranquilo. Até alegre. Quase eufórico. Foi até Regla. Atravessou toda a aldeia. Chegou ao cais. Comprou uma garrafa de rum e sentou-se junto ao mar, naqueles degraus de que tanto gostava. À sua frente, um espaço de areia, manchada de petróleo e resíduos de todo tipo. Às suas costas, a igreja. Na frente, a baía, com poucos barcos fundeados. Mais adiante, Havana, esplêndida, bonita, sedutora. À sua esquerda, a barca de passageiros entrava e saía carregada, a cada quinze ou vinte minutos. Havia um sol forte, mas também silêncio e solidão. Alguns meninos chapinhavam na orla, enfiados na água suja de petróleo, lodo, dejetos. Era uma boa ideia. Ele também se enfiou na água, juntando as forças, e se esfregou um pouco. Tirou as crostas de sangue que ainda restavam. Saiu e tornou a sentar-se placidamente nos degraus, bebendo rum, olhando a paisagem, sem pensar em nada.

Acabou a garrafa. Jogou-a no mar. Estava bêbado como uma cabra. Pensou que tinha de enterrar Magda. Ou jogá-la na água. "Alguma coisa tenho que fazer porque se os urubus encontram... porra, os urubus! Já devem estar rodeando pra comer a Magda."

Bêbado, mancando, tombando, apressado, voltou para sua casinha. Ia pensando: "Os urubus não podem almoçar a Magda. Não! Isso eu não posso permitir! Tem que respeitar o cadáver da defunta... como não?... Tem que respeitar o cadáver dessa putinha... hahaha".

Quando chegou, já era de noite. Estava ainda muito bêbado. Não enxergava nada no escuro. Tirou a tampa de lata da porta, e um bafo de calor e cheiro de morto apodrecido lhe atingiu o nariz. Em sua bebedeira, falou docemente:

— É assim que você tem de ficar. Quietinha. Sem se mexer. Em silêncio. Respeitando seu marido. Isso aconteceu porque você é respondona. Se não fosse tão descarada não tinha acontecido isso. Tá vendo? Você me encheu. Tem que aprender a respeitar, Magda... bom, agora não... agora não vai mais aprender... se fodeu, Magda, se fodeu.

Atirou-se na enxerga e dormiu instantaneamente. No dia seguinte, a morta fedia ainda mais. O sol brilhava, e dentro da casinha o calor e a umidade aceleravam a putrefação do cadáver. Rei acordou, ficou olhando para ela um bom tempo. Não pensava em nada. Estava com dor de cabeça e o corpo todo lhe doía com a ressaca. Queria mesmo era ir para a casa do caralho e deixar Magda ali. Para os urubus.

— O que eu faço com você, puta de merda? Putinha de merda, descarada. Onde é que enfio você? O que você merecia era que os urubus a comessem.

Levantou-se e saiu andando entre os matos e os ferros enferrujados. Subiu um pequeno monte. Lá de cima, via-se o depósito de lixo, a cem metros. Havia gente. Uma escavadeira revolvia o lixo, amontoando-o. Alguns caminhões descarregavam. Dez ou doze sujeitos remexiam, procurando coisas na porcaria. "Uhmmm, aqui mesmo. Hoje de noite vou enterrar você aí, Magdalenita", pensou. Escondido entre os matos, procurou um bom lugar. Tinha de enterrá-la num ponto arejado e seguro. Não podia ser encontrada depressa. Por ninguém. Nem pelos cachorros, nem pelos urubus, nem pelas pessoas. Distraiu-se analisando por onde poderia entrar no depósito de lixo e onde abrir um buraco. Quando já sabia bem o que fazer, voltou para sua casinha sem que o vissem. O fedor de Magdalena era terrível.

— Tá bom, monstra, tá bom. Esta noite você vai pro buraco. Pare de apodrecer, porra! O que você é capaz de fazer só pra encher o saco até depois de morta! Pra me gozar até depois de morta! Não seja porca e monstra! Não apodreça mais!

Passou o resto do dia na sombra. Recostado na porta da casinha. À tarde, alguns urubus começaram a voar em círculo em cima de sua cabeça. Alguns desciam lentamente. Pousavam a vinte ou trinta metros. Estudando o terreno. Tinham farejado a carniça. "Chegaram os seus amiguinhos, Magdalenita, você não vai atender? Saia e atenda seus amigos, Magdalenita. Vá, brinquem de comidinha. Eles comem você e você fica bem quietinha, hahaha." Atirou pedras contra os urubus. As aves voavam, davam uns giros e voltavam a pousar. A vocação carniceira era o único sentido de sua vida. E tinham de obedecer a ele.

Afinal, fez-se noite. Ele ficou muito tranquilo. Escutando. Não se apressou. Pensou: "Você é cobra, pomba e espada. Você é o Rei. Tranquilo, sem pressa. A putinha que espere um pouco mais".

Nada. Silêncio absoluto. Entrou na casinha. Na escuridão, apalpou o cadáver. Rígido, frio, fedendo como o diabo. Fez um esforço e carregou-o sobre o ombro.

— Pronto, puta de merda, vam'bora.

Já conhecia o caminho. Devagar, sem pressa, reprimindo o desejo de soltar aquele corpo tão fedido. O cadáver soltava líquidos viscosos e repelentes pelos ouvidos, nariz, boca, olhos. Foi deixando um rastro asquerosamente oloroso. Chegou ao alto do monte. Agachou-se. Observou um bom tempo. Não havia ninguém em lugar nenhum. Desceu lentamente até o depósito de lixo, caminhando no meio do mato. Chegou aos grandes montes de lixo em putrefação e se enterrou até os joelhos. Andou um pouco mais e chegou ao local que tinha previsto. Jogou ali o cadáver e começou a escavar com as mãos. Cavou um bom tempo, afastando objetos, porcaria sedimentada com os anos. De repente, sentiu uma dor no pé. E outra. Olhou. Ratos! Muitos ratos o mordiam. Lutou com eles, atirando-lhes coisas. Os ratos estavam comendo o cadáver. Vinte. Trinta. Apareciam mais e mais. Quarenta. Muitos mais. Morderam seus braços, as mãos, a cara. Arrebatou deles o cadáver. Os ratos chiavam e se atiravam contra ele.

— Vamos, filhos da puta! Vamos! Saiam do meio! Isto aqui vai pro buraco!

Conseguiu jogar o cadáver no buraco. Os ratos continuaram mordendo, enlouquecidos com o presunto. Arrancavam pedaços do cadáver. E o mordiam, arrancando-lhe pedaços de pele. Jogou o lixo em cima do cadáver e dos ratos. Cobriu tudo como pôde. Alguns ratos continuaram fora, atacando sem parar. Por fim, terminou. Tinha todo o corpo dolorido. Dezenas de mordidas. Cem talvez. Ou mais. Eram ratos enormes, fortes, selvagens. Haviam lhe arrancado pedaços dos braços, das mãos, do rosto, do ventre, das pernas. Estava desfeito. Saiu andando como conseguiu, se arrastando até a casinha. Levou quase uma hora para chegar. Entrou e se atirou na enxerga. Estava enjoado, com náuseas. Doía-lhe o corpo todo. Dormiu.

Quando acordou, não sabia se era de dia ou de noite. Quase não podia abrir os olhos. Não sabia, mas estava com quarenta graus de febre, que continuou subindo até quarenta e dois. Vomitou. As náuseas, o enjoo, a dor de cabeça, o delírio da febre. Tudo se juntou para esmagá-lo como se fosse uma barata. E não conseguiu pôr-se de pé. Imagens loucas lhe passavam pela cabeça. Uma atrás da outra. Sua mãe morrendo, com aquele aço enterrado no cérebro. Sua avó, dura na frente dele. O irmão, estatelado no asfalto. Ele com o santinho pedindo esmola. Estava com muita sede. Queria água. "Magda, me dá água. Água, Magda, água, Magda, água, Magda, água...", mas não conseguia falar, só pensava. Teve uma morte terrível. Sua agonia durou seis dias com suas noites. Até que perdeu os sentidos. Por fim morreu. Seu corpo já estava apodrecendo por causa das úlceras feitas pelos ratos. O cadáver se corrompeu em poucas horas. Chegaram os urubus. E o devoraram pouco a pouco. O festim durou quatro dias. Foi devorado lentamente. Quanto mais apodrecia, mais gostavam daquela carniça. E ninguém jamais ficou sabendo de nada.

Havana, 1998

ESTA OBRA FOI COMPOSTA PELA ABREU'S SYSTEM EM ADOBE GARAMOND
E IMPRESSA EM OFSETE PELA GEOGRÁFICA SOBRE PAPEL PÓLEN SOFT DA SUZANO
PAPEL E CELULOSE PARA A EDITORA SCHWARCZ EM FEVEREIRO DE 2017

A marca FSC® é a garantia de que a madeira utilizada na fabricação do papel deste livro provém de florestas que foram gerenciadas de maneira ambientalmente correta, socialmente justa e economicamente viável, além de outras fontes de origem controlada.